教科書と近代文学

「羅生門」「山月記」「舞姫」「こころ」の世界

日本近代文学館 編

秀明大学出版会

『教科書と近代文学』刊行にあたって

公益財団法人日本近代文学館　理事長　坂上　弘

日本近代文学館の使命として、日本の近現代文学の資料の収集・整理・保存・公開のほかに、資料を通して文学の豊かさや面白さを若い人々に伝えていくことがある。近年、高校の教室と日本近代文学館をつなぐ様々な試みを企画し、力を入れて推進してきた。高校の「国語」教科書の小説の定番教材「羅生門」「山月記」「舞姫」「こころ」を取り上げる展示を、毎年夏の間計画した。作品に接する高校生だけでなく、指導に当たられる現場の先生方、教科書を通した思い出をお持ちの多くの文学愛好家の方などにも、新しい作品の読み方につながる資料を紹介することができた。

四作品が揃ったところで、以前文学館の展示を書籍化した『小説は書き直される』を刊行してくださった秀明大学出版会から、この四作品をめぐって、展示の編集委員の助力を得て、書籍のかたちでより多くの読者にお届けするご提案をいただいた。大変ありがたいことである。声をかけてくださった川島幸希秀明大学学長、新たに寄稿してくださった展覧会の編集委員の皆様を始め、お世話になった方々にお礼申し上げたい。この一冊が、将来を担う若い人々に、日本文学の豊かさや面白さを伝えるよすがとなることを願っている。

二〇二一年四月

もくじ

装幀＝真田幸治

はじめに　教科書で読む文学作品は何をもたらすのか

中島　国彦

一、一つの思い出から

新学期を迎えた時の楽しみの一つに、学校から持ち帰ったばかりの教科書に、急いで目を通すことがあります。特に「国語」の教科書は、小説や詩歌がふんだんに載っており、印刷されたばかりのインクの匂いの中で初めて読む作品に、いつも胸を躍らせます。帰宅の途中で、読みふけって電車を乗り越した経験はないでしょうか。

新しい文学作品は、わたくしたちにどういう変化をもたらすのでしょうか。ただ単に、珍しい作品に接したという体験だけではありません。良い作品は、必ず読者の中の何かを、人のものの見方を変えていく作用がありま す。その時は何であるかわからなくても、後日そうだったのかと思い出されることもあります。変化の衝撃が強く、その内実を言葉で説明できないこともあると思います。かけがえのない出会いが、教科書に潜んでいるのです。

わたくしの思い出では、中学生の時に教科書に出ていたある作品が、強い印象に残っています。確か「地蔵の話」という題で、作者は長与善郎という人でした。後に、「白樺」の仲間であることを知りました。作品は、地蔵が静かに目を覚まし、その後様々な人間と出会い、激動の体験をして、今は博物館に置かれて大切にされているという話で、地蔵が「私」という一人称で語り始めるのです。人間でない存在が人間のように語り始めるのは、漱石の「吾輩は猫である」という前例があるのですが、語り手は動物ではなく、地蔵という仏像です。しかし、わたくしはそうした世界に自然に引き込まれ、ああこういう世界もあるのだ、とても実感のある不思議で広々とした体験だ、と思いました。今まで自分が知った世界と全く違った世界の発見は、今となっては貴重な体験でした。その時の驚きは、後々まで記憶に残ったのです。

この作品とは、その後大学院生の時に出会うことになります。図書館の書架で、『日本短篇文学全集18』という本（一九六九・一、筑摩書房）を偶然開けた時、武者小路実篤・長与善郎・野上弥生子・阿川弘之の四人の作品を集めた二百五十ページの新書判を少し大きくした判型の本（大きさや二段組の大きな活字の組みは、わたくし好みでした）の中に、この「地蔵の話」という作品（「新潮」一九二一・四）を発見したのです。

何でも私が一番先きに感覚し出したのは胸のあたりだと思う。頸から乳へかけての辺が急にスウッと涼しくなったのを微かに覚えている。次ぎには右の腕に感覚を生じた。（中略）最後に私の両眼が開いた。私の眼があいて一番最初に見たものは、私の眼をじっと凝視めている二つの光った眼であった。私はその眼の力に驚いた。おそれをなした。

するとその怖しい眼の持ち主は一歩後にすざって、大願成就した者のような抑え難い昂奮の体で低く、重く、叫んだ。

「有り難い！　生きた！」

中学生のわたくしは、こうした高まりへの過程の描写を面白く思い、仏師義道の発した「有り難い！　生きた！」の言葉を、はっきり記憶しました。教科書で読んでから、時折気持を奮い立たせるために、一人で、「有り難い！　生きた！」と言ったりしていたことを覚えています。人間とものとしての仏像との距離がなくなり、知らず識らず新しい次元に自分がいることを実感したのです。小説、そして言葉の世界の不思議を理解した経験でした。日常生活を超えた世界の発見でした。それを自然に受け止められたのは、それだけわたくしの感じ方が成熟していたためではないか、と思います。

「地蔵の話」をめぐっては、面白い問題があります。実は、図書館の本で読み返し、一つの発見がありました。確か教科書では、以下の部分で終わっていました。教材として、採録箇所を整えるのはよくあることです。

> そして今では私はこの博物館の彫刻部の一室に、硝子張りの大きなワクの中に、他の美しい仏像の傑作とともに荘重に並べられて、静かに公衆の面前に立っている。
> 私の前には白い紙の札が丁重に樹てられ、それにこう書いてある。
> 「地蔵菩薩像。木彫。天平時代。作者不詳――国宝」

その後、修学旅行に行って、京都や奈良の仏像を見ている時、何か自分に向けて語ってくるかのように思ったことを覚えています。しかし、原作では、その後、「思えばわたしもずいぶんと永い事生きたものだ、どの位の年月を経たか知らぬ」から始まるつぶやきが二十行ほど続きます。その最終部分は、こうです。

何だかこうして落ちついて見ると、実際今まで腕を一本無くしただけで、ともかくも生き存らえて来られた事が不思議に思われてならない。
思えば人間と云う奴は変な奴だ。

最初の二行はいいのですが、最後の一行は無くてもよいのでは、と思います。作者の固有の想念があるのでしょうが、ここまで訳知りのような部分があると、芸術の光栄を謳い上げた部分が損なわれないでしょうか。教科書に載っている部分のみでこそ、それが際立つのだと思います。

二、教材には省略がある

省略部分の問題は、わたくしが中学時代に読んだもう一つの名作、芥川龍之介「トロッコ」(「大観」一九二二・三)の意味合いにもつながります。この作品は、「小田原熱海間に、軽便鉄道敷設の工事が始まったのは、良平の八つの年だった。良平は毎日村外れへ、その工事を見物に行った」と、良平を客観的に描く視点で書き出されます。なにか起きそうだという不安の中で、作品は現場の人の一言で良平が窮地に立たされ、それを振り払おうと一心に走り出すことになります。作品の幕切れは、こうなっています。

彼の家の門口へ駈けこんだ時、良平はとうとう大声に、わっと泣き出さずにはいられなかった。その泣き声は彼の周囲へ、一時に父や母を集まらせた。殊に母は何とか云いながら、良平の体を抱えるようにした。が、良平は手足をもがきながら、啜り上げ啜り上げ泣き続けた。その声が余り激しかったせいか、近所の女衆も三四人、薄暗い門口へ集って来た。父母は勿論その人たちは、口口に彼の泣く訣を尋ねた。しかし彼は何と云われても泣き立てるより外に仕方がなかった。あの遠い路を駈け通して来た、今までの心細さをふり返ると、いくら大声に泣き続けても、足りない気もちに迫られながら、……
良平は二十六の年、妻子と一しょに東京へ出て来た。今では或雑誌社の二階に、校正の朱筆を握っている。が、彼はどうかすると、全然何の理由もないのに、その時の彼を思い出す事がある。全然何の理由もないのに？——塵労に疲れた彼の前には今でもやはりその時のように、薄暗い藪や坂のある路が、細細と一すじ断続している。……………

教科書には、この最後の改行後の一節は収録されません。良平の気持の起伏を読み取らせ、「泣き立てるより外に仕方がなかった」心情を感じるのでよい、とされたのです。しかし、わたくしは後にこの作品を読み返し、最後の一節があることによって、この名作は芥川の作品になったのだと思いました。確かに、「どうかすると、全然何の理由もないのに」の一節は簡単には説明できません。「塵労に疲れた」二十六歳の良平に思い出されると書くことで、八歳の良平、二十六歳の良平、それを書いた三十一歳の芥川、それをしみじみと読むわたくしたち読者の四者が、どこかでつながるのです。「塵労」という言葉が、そのヒントになります。実際の出来事が言語化されることで実体を持ち、表現と読解の作業の中で永遠化されるという文学の魔法を見る気がします。確かに多くの中学生では、まだ「塵労」の語はつながりが薄いかも知れません。しかし、大人になるということは、この「塵労」

とどう付き合って生きていくか、ということと関係するはずです。わたくしが、「トロッコ」は最終部分とともに読まなければならないというのも、このことと関係します。

わたくしは長く高等学校の「国語」の検定教科書の編集に従事してきましたが、小説の候補を考える場合、なるべく削除部分を作らないようにと心がけています。幸い、「羅生門」「山月記」「舞姫」「檸檬」「城の崎にて」などは、全文採用できます。「こころ」は長編ですので、最初から抜粋する覚悟で、採択箇所を考えます。難しいのは、太宰治の「富嶽百景」のような、比較的長い短編の場合です。削除のある本文でも、ある程度作品の面白さは理解できますが、できれば全文採用したいと思います。しかし、実際に教科書に載ったものは、場所や長短の違いはありますが、部分的に削除されたものです。検定教科書の場合、差別用語、政治や性に関するもの、特定の企業に関係する固有名詞は出せませんので、本文修訂は苦労が多いものです。中学校の教科書に「坊っちゃん」をのせる時、原文にない読点を勝手に付け加えることは、避けなければなりません。

となると、何とか条件をクリアーしたものが、教科書定番として多くの生徒に提供されることになるのは、やむを得ないことでしょう。しかし、現場の先生で意欲のある方は、実際は検定教科書のみでなく、自主的に文学作品を生徒に与えたりします。「こころ」を扱う時、文庫本を与えて作品全体を読ませる先生は、多いはずです。わたくしが高校生の時は、まだ「こころ」「山月記」「舞姫」は定番教材でなく、わたくしが手にした教科書では、漱石は「草枕」の冒頭近くの「東洋の詩境」を記した部分、鷗外は「最後の一句」でした。今となっては信じられませんが、二年生の教科書では、実は太宰治「走れメロス」です。

わたくしがお世話になった現代文の先生は、教科書以外の文学作品を積極的に紹介されました。岩波文庫『草枕』(正字旧仮名、注なし)が与えられ、その有名な部分を丹念に学習しました。観海寺の石段を「予」が登って得た詩句「仰数春星一二三」は、「あおぎかぞうしゅんせい一二三」と今でも暗唱できます。中島敦は、角川文庫『李陵・弟子・名人伝』（こちらも注なしです）を与えられ、特に「名人伝」をしっかり読みました。漢和辞典を引き続けましたが、格調高い文体に、すぐさま魅了されました。その後、「山月記」が定番教材として定着し、角川文庫も一九六八年には新仮名遣いで倍の厚さに増補され、これまでの三作の他に、「山月記」「悟浄出世」「悟浄歎異」が加えられ、全六作品になりました。挿絵も入っています。どんな時でも、作品に対する敬意、文学への愛着がベースになっていたことがうかがえると思います。

三、ひと言の大切さ

最後にわたくしが教科書の作品から学んだことに、ひと言の重みを認識したこと、それがその後の日常生活にも影響したことを紹介したいと思います。「国語」ではなく「英語」における文学教材のことを思い出しながら、高校三年生の時、英語の時間で与えられた副教材、長編「タバコ・ロード」でも知られるアメリカの作家、アースキン・コールドウェル（Erskine Caldwell）の、*Kneel to the Rising Sun*（「昇る朝日に跪く」、一九三五）という短編小説のことを思い出します。二年生の夏休みには、ジョージ・オーウェル（George Orwell）の *Animal Farm*（「動物農場」、一九四五）の原文の完本を渡され、ひと夏格闘しましたが、休み明けのテストはさんざんでした。まだ文庫本の翻訳などなかった時です。しかし、三年生になり英語力も付いてきたのでしょうか、*Kneel to the Rising Sun* の表現は、ぐんぐんわたくしの中に入ってきました。時機が来ていたのでしょう。

アメリカの農場主に虐げられた気の弱い男の話なのですが、作中では、主人公がいつも主人に向かっては、「Mr. Arch, I——」としか言えないのです。何かというと、いつも「Mr.Arch, I——」が出てきます。後に河出新書の翻訳（平山修訳、一九五六・一）を読みましたが、「アーチの旦那、あっしは——」となっていました。原文を読み進めながら、たったのひと言「Mr.Arch, I——」が繰り返されることで、どんな効果が生まれるかを体験し、言葉というものの姿に深い印象を持ったのです。「国語」さらに「英語」においても、単に辞書的な言葉の意味を学ぶことが求められているのではありません。言葉の生きた姿、いのちの実感を理解することが、第一に大切なのです。社会に出て様々な体験をする時に、こんな言葉に出会った、言葉ってなんて難しいのだろう、この言葉が自分を支えてくれた、というような、しみじみとした思い出こそ、若き日の「学び」の実質だと思います。

ここで、すぐれた翻訳の多いドイツ文学者手塚富雄さんが、アーダルベルト・シュティフター（Adalbert Stifter）の中編 *Bergkristall*（「水晶」、一八四六）を翻訳した際、最も苦労したのは作中で何度も出てくるひと言をどう訳したらよいかということだったと、岩波文庫『水晶』のあとがきで書いていたのを思い出します。夜の森の中を二人きりで歩きながら、妹が兄に語りかける言葉で、原文は、「Ya,Konrat」です。戦前の小島貞介訳では「そうねえ、お兄様」でしたが、手塚富雄さんは、「そうよ、コンラート」としたそうです。随分感じが違います。兄の名前がそのまま出ていたほうが、よいかと思います。「そうよ、コンラート」「そうよ、コンラート」と、自分で繰り返してみてください。文学者の苦労は、こういう所に現われます。文学作品に学び、ひと言ひと言を大切にする姿勢から、わたくしたちの言語活動は磨かれるのです。

第一章　芥川龍之介「羅生門」

庄司　達也

今や、「教室のなかの文学」――国語教科書に載る教材ということを通して、芥川龍之介の「羅生門」は多くの人々に読み継がれています。一九一五（大正四）年に発表されたこの作品が、国語教科書に文学教材として初めて載ったのは、一九五六（昭和三一）年のことです。第二次世界大戦以前には教材化が全くなされていなかった作品ではありましたが、この年、夏目漱石「こころ」や森鷗外「舞姫」と同時に、国語科で文学を教える為の教材として採用されたのです。その後、高度経済成長期を迎えた社会を背景に、芥川龍之介「羅生門」は多くの教科書に採用される定番教材への道を歩み始めたと言えるでしょう。そして、今日においても、その状況はまだ続いています。或いは、なお一層強まっていると言って良いかもしれません。高等学校の国語科の教材として、芥川龍之介「羅生門」は高等学校一年生たちが豊穣なる文学の海へと漕ぎ出だす際の案内役をつとめているのです。

一、「羅生門」誕生

東京帝国大学文科大学の雑誌であった「帝国文学」に、芥川龍之介「羅生門」が掲載されたのは一九一五（大正四）年一一月のことでした。文科大学の学生であった芥川は、それまでに同人雑誌「新思潮」（第三次）のメンバーの一人として、小説「老年」（一九一四・五）やアイルランド文学のイエーツの「「ケルトの薄明」より」（同・四）、「春の心臓」（同・六）を翻訳したり、或いは戯曲「青年と死と」（同・九）を発表していました。また、「羅生門」が掲載された「帝国文学」には、半年ほど前の四月に「ひよつとこ」を発表しました。しかしながら、それらの作品や翻訳などによってだけでは、世間に知られる存在などにはまだなっていなかった、よくいる文学青年の一人だったのです。

「羅生門」執筆当時の芥川

今でこそ、「羅生門」は芥川龍之介の代表作として知られるだけではなく、多くの読書人が認める日本の近代文学を代表する作品の一つとなっていますが、発表された当時は、仲間内の評判も高いものではなく、公の批評として確認されているものも、雑誌「新潮」（一九一五・一二）で匿名の評者である青頭巾が綴った「一寸面白い短篇」との紹介くらいです（ちなみに、「青頭巾」は、後に、作品「鼻」を評した時に、「「羅生門」には時代が書けてゐた、単なる時世粧以外に、その時代の思潮が仄かにうかゞはれる丈の描写が出来てゐた」と評しています（「読んだもの」「新潮」一九一六・四））。芥川自身、「六号批評にも上らなかつた」と「あの頃の自分の事」（「中央公論」一九一九・一）に記していながらも、発表直後に受けた友人の成瀬正一の厳しい批評に対して英語で「Defence for "Rasho-mon"」を書き、「This story is the best work I have ever written.」とこの作品への自身の強い思いを伝えているのです。また、作品の発表から一年半後の一九一七（大正六）年五月に刊行した初めての創作集を、『羅生門』と名付けました。これらのことからも、作品「羅生門」が、芥川龍之介という作家にとっては、とても大切な作品であったということが知られるのです。自らが装幀を担当し、第一高等学校での恩師であった敬愛する菅虎雄に題簽の揮毫を依頼し、また、作家としての道を指し示し温かく見守ってくれた夏目漱石への献辞「夏目漱石先生の霊前に献ず」という一文を扉に刻んだ一書です。青年作家として社会や文壇に船出する時期の芥川にとって、自身を語らせる代表作として位置づけた作品が、「羅生門」なのだと言えるでしょう。

さて、その「羅生門」には、「ノート」や「草稿」と呼ばれる作品完成以前の資料が大量に残されています。芥川は、「羅生門」の世界を構築する途上で幾度も構想を練り直し、主人公の設定さえも変え、表現を追求し、何度も何度も書き直していたのです。そのことを示す資料がノートであり、メモであり、草稿と呼ばれる資料群なのです。それらによって、作者の構想段階での迷いや決断、表現上の工夫など、発表された本文からだけではうかがい知ることの叶わない情報を得ることができ、私たち読者の想像も広がってゆくのです。

ここでは、主人公の「下人」に焦点を当てて、それらの資料が開いてくれる世界を垣間見てみましょう。

先ず、呼称です。ノートには、「交野五郎」、「交野の八郎」、「交野の平六」、「交野六郎」などと、固有の名前を持つ主人公が登場します。「五郎」や「八郎」、「六郎」、「平六」と、「交野」に続く固有名に随分とこだわってい

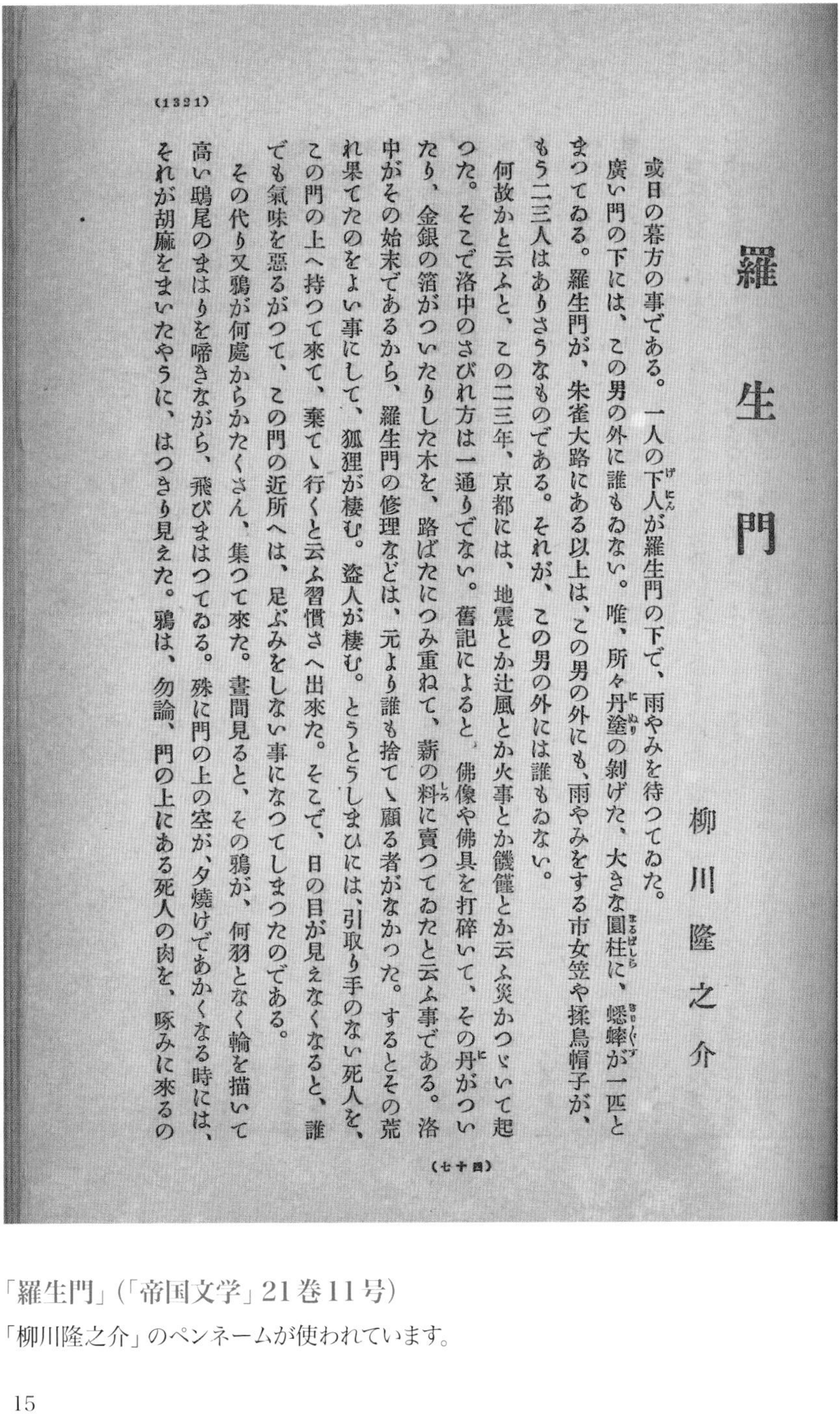
(1321)

羅生門

柳川隆之介

或日の暮方の事である。一人の下人《げにん》が羅生門の下で、雨やみを待つてゐた。

廣い門の下には、この男の外に誰もゐない。唯、所々丹塗《にぬり》の剝げた、大きな圓柱《まるばしら》に、蟋蟀《きりぎりす》が一匹とまつてゐる。羅生門が、朱雀大路にある以上は、この男の外にも、雨やみをする市女笠や揉烏帽子が、もう二三人はありさうなものである。それが、この男の外には誰もゐない。

何故かと云ふと、この二三年、京都には、地震とか辻風とか火事とか饑饉とか云ふ災がつゞいて起つた。そこで洛中のさびれ方は一通りでない。舊記によると、佛像や佛具を打砕いて、その丹《に》がついたり、金銀の箔がついたりした木を、路ばたにつみ重ねて、薪の料《しろ》に賣つてゐたと云ふ事である。洛中がその始末であるから、羅生門の修理などは、元より誰も捨てゝ顧る者がなかつた。するとその荒れ果てたのをよい事にして、狐狸が棲む。盗人が棲む。とうとうしまひには、引取り手のない死人を、この門の上へ持つて來て、棄てゝ行くと云ふ習慣さへ出來た。そこで、日の目が見えなくなると、誰でも氣味を惡るがつて、この門の近所へは、足ぶみをしない事になつてしまつたのである。

その代り又鴉が何處からかたくさん、集つて來た。晝間見ると、その鴉が、何羽となく輪を描いて高い鴟尾のまはりを啼きながら、飛びまはつてゐる。殊に門の上の空が、夕燒けであかくなる時には、それが胡麻をまいたやうに、はつきり見えた。鴉は、勿論、門の上にある死人の肉を、啄みに來るの

(四十七)

「羅生門」(「帝国文学」21巻11号)

「柳川隆之介」のペンネームが使われています。

羅生門

交野の平六は羅生門の石段に腰をかけて雨の晴れるのを待つてゐた 雨の晴れ
[illegible] 石段は所々くづれて そのくづれた所から
青い草が 秋 青い実をつけてゐる 昔この門が面した朱雀大路
旧都北南北二階四檐二丈 長さ九間丈の大門も 今では
柱の丹塗が剥げ [illegible] 屋根の金も [illegible]
[illegible] 扁額の金も [illegible] も 何時の去か
[illegible] 彩を落して 雨じみのさまた白壁には 蔦さへ 垂れ
人た青葉をつけてゐる 昔 [illegible] 延暦年間に造営のまま
た [illegible] 延暦十七年 [illegible] 新作 [illegible] 建立した

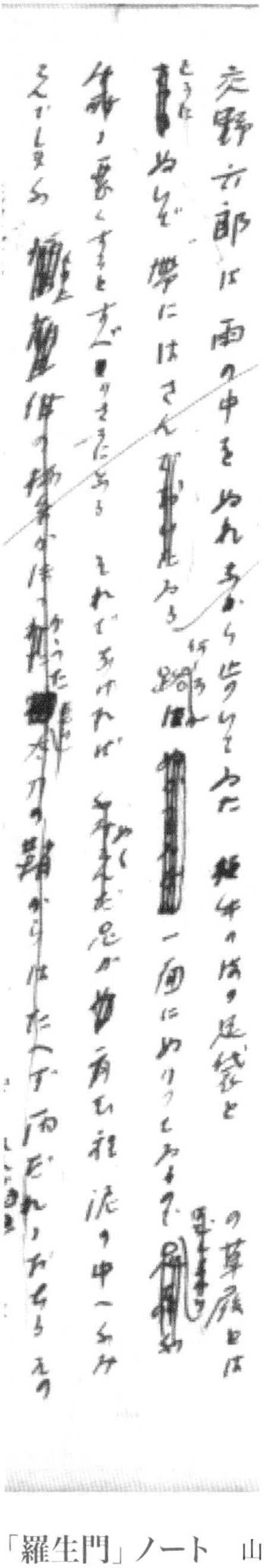

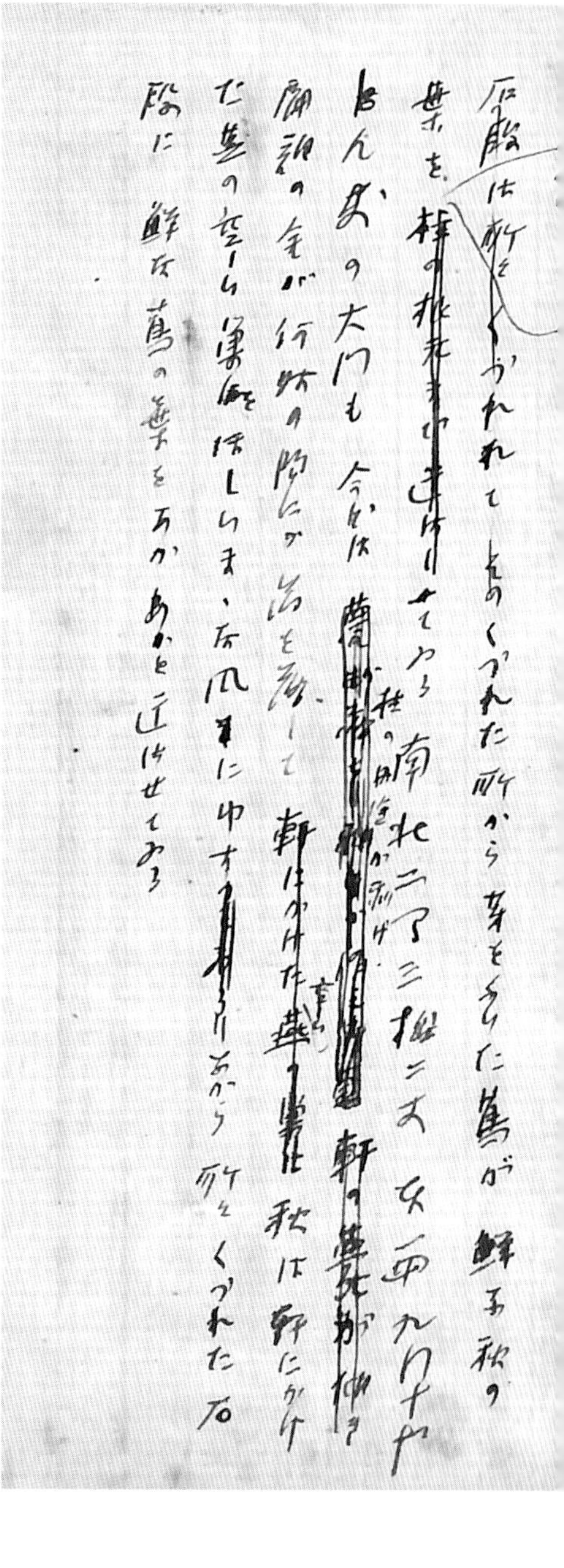

「羅生門」ノート　山梨県立文学館蔵

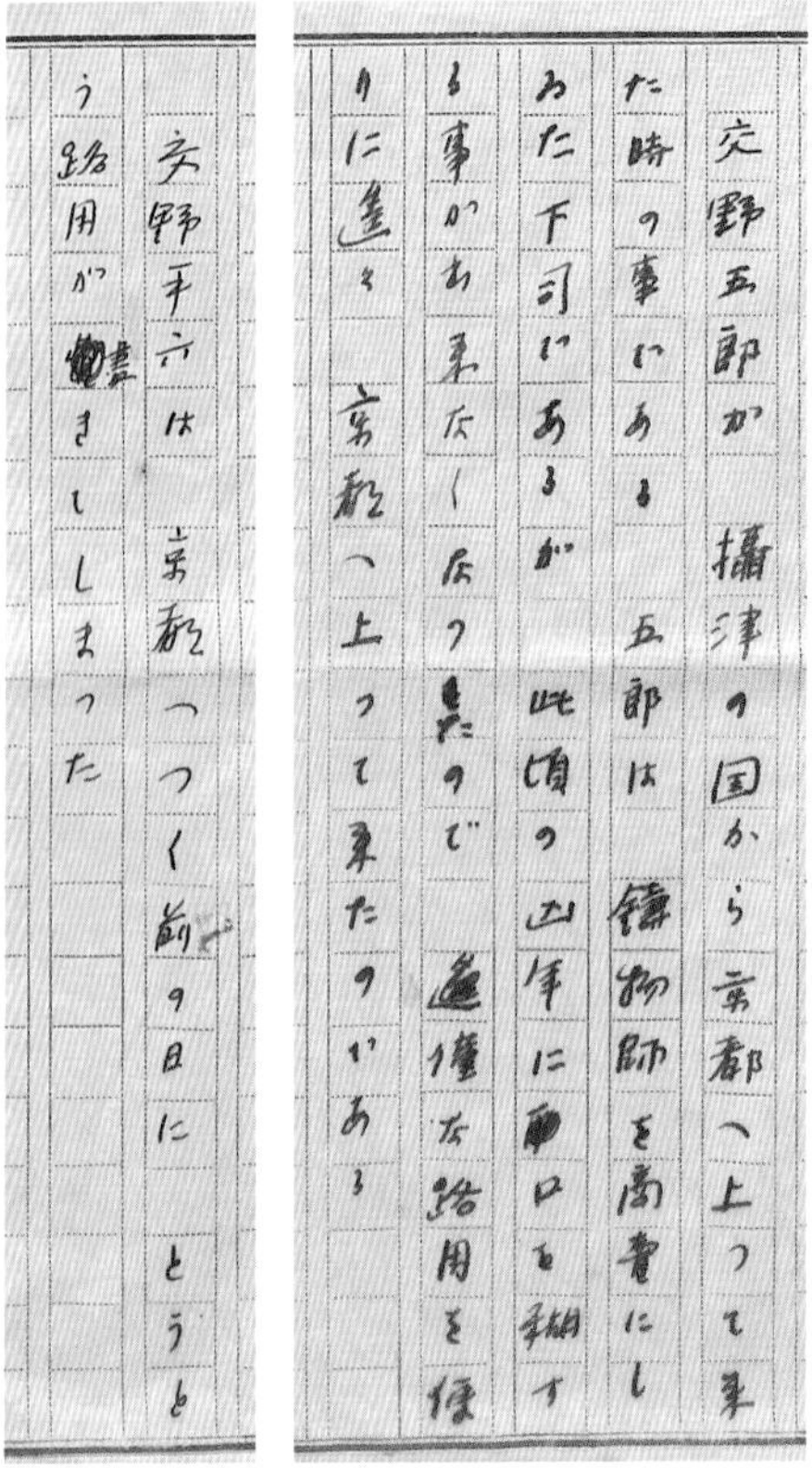

交野五郎が　摂津の国から京都へ上つて来
た時の事である　五郎は鋳物師を商売にし
ゐた下司であるが此頃の凶年に糊口を糊す
る事が出来なくなつたので僅な路用を便
りに遥々京都へ上つて来たのである

交野平六は京都へつく前の日にとうと
う路用が尽きしましまつた

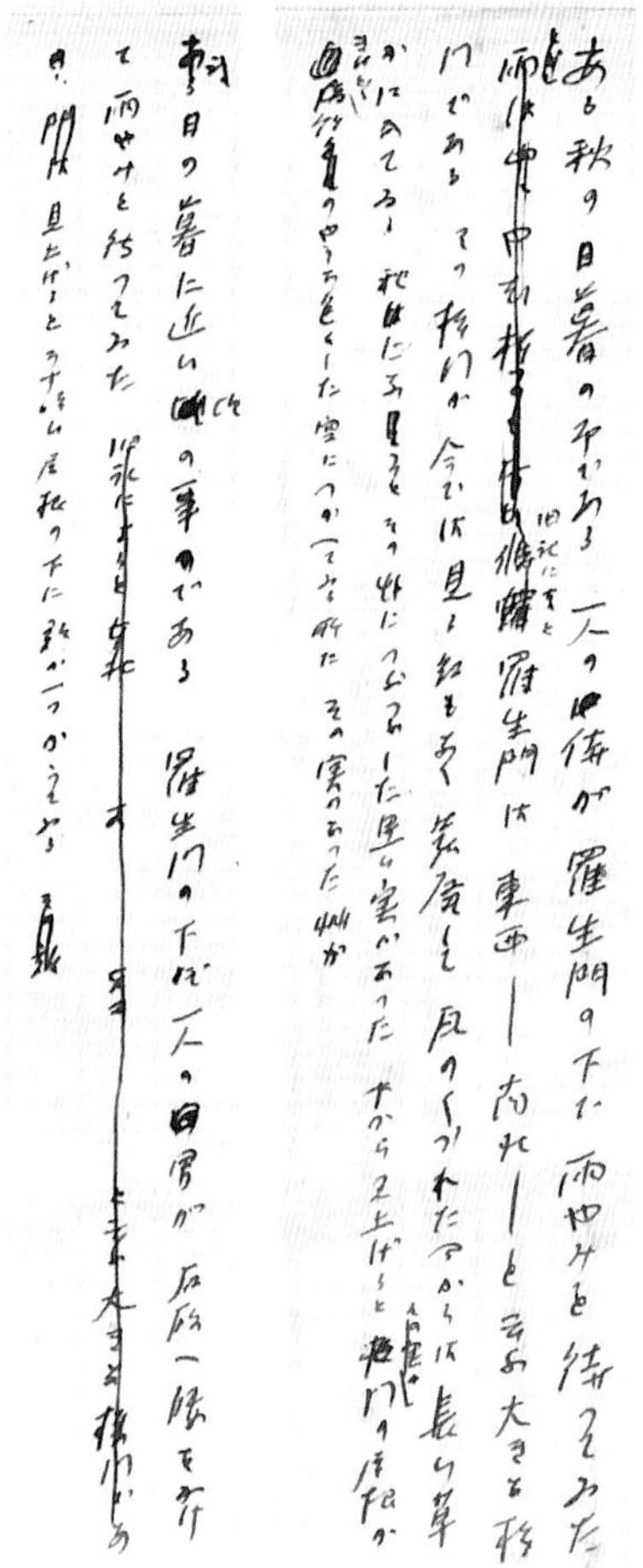

ある秋の日暮の事である　一人の侍が羅生門の下で雨やみを待つてゐた

「羅生門」ノートと草稿　山梨県立文学館蔵

遺されたノートや草稿には「交野五郎」や「交野の八郎」、「一人の侍」などが認められ、発表時に「下人」とされる男の名前や設定が執拗に検討されたことがうかがい知れます。

たことがわかります。数字が組み込まれていることで大家族の中で育ったことが想像されますが、「五」や「六」、「八」の違いが何を生み出すかは容易には理解できません。或いは、作者はそれぞれが持つ語感を気にしていたのでしょうか。そして、「交野」とは摂津国（現、大阪府）にある地名のことなので、この男が洛中で生活していた者では無い、洛外から訪れたという設定が草稿段階にあったことがわかるのです。

草稿には、「摂津の国から京都へ上つて来た時の事である」、「京都へつく前の日」などの一節も確認されています。発表された作品の本文では、「地震とか辻風とか火事とか飢饉とか云ふ災がつゞいて起つた。そこで洛中のさびれ方は一通りではない」との京都の町の様子に関わる説明があり、「当時京都の町は一通りならず衰微してゐた。今この下人が、永年、使はれてゐた主人から、暇を出されたのも、実はこの衰微の小さな余波に外ならない」との言葉があります。これらによって、明示はされていないながらも、主人公が洛中の人であるという読みを誘導されていることは否めないでしょう。草稿と発表された本文との間に確認される異同からも主人公像は考察されねばならないのだとすれば、この変更は重要な読解のポイントとなります。

また、資料の中には「一人の侍」、「一人の男」などの記述もあり、最終的に選ばれた「下人」という呼称と共に、固有名を剥奪された主人公の設定ということについて考察することも求められるでしょう。そして、何よりも、「下人」という呼称（＝設定）がこの作品の主人公のものとして最終的には選ばれたのだ、という事実――「平六」でも「六郎」でもなく、「侍」でもただの「男」でもない「下人」という設定がこの「羅生門」の主人公の設定として選ばれたのだという事実に、作品読解の際には向き合うべきであることを、残された多くの資料は示しているのです。このことを具体的な形で問うならば、読者である皆さんは、ただの「青年」ではなく、名前も与えられていない、「下人」という存在としての主人公の設定に注目し、この「羅生門」という作品を読むことをしてきたか、ということです。

なお、舞台となった羅生門という存在が担う作品空間での役割との関係から考えれば、外側（洛外）の世界からやって来て洛中と洛外との境界としてある羅生門を通過して内側（洛中）の世界に向かってゆく主人公像が望まれていた草稿群に対して、発表された作品の本文が洛中で生活していた下人という設定であったとすれば、以前に居た世界に戻って行く主人公像として解釈されることになります。「通過」ということが成長や変化に深く関わる儀礼的な意味合いで捉えられるのだとすれば、このことと「下人」という設定がどのように「読み」に回収されるべきなのかが、作品読解の根幹に関わって問われることになると言えるでしょう。

二、「羅生門」の背景

芥川文学の多くが、日本の古典文学や西洋文学を典拠（作品を創作する時に素材とすることなど）としていることは、よく知られています。その中でも、「今昔物語集」を題材として執筆された作品群は「今昔もの」と呼ばれています。「羅生門」や「鼻」（「新思潮」一九一六・二）、「芋粥」（「新小説」一九一六・九）の初期作品から、一九二二（大正一一）年一月に発表された「藪の中」（「新潮」）、同年八月の「六の宮の姫君」（「表現」）に至る多くの作品に、「今昔物語集」が素材として採用されています。

「羅生門」は、本朝世俗部に載る「羅城門登上層見死人盗人語」を下敷きにしています。ここから作品の展開のための大きな筋を受け取った作者は、「太刀帯陣売魚嫗語」から老婆の人物像を紡ぎ出しました。また、「下人」

の服装は「陸奥前司橘則光切殺人語」に依っていることも指摘されています。筋や設定、細部の描写などに、「今昔物語集」から得た知識・情報が利用されているのです。そして、そのことは、「今昔物語集」の本文にだけとどまるものではなく、芥川が読んだと考えられている『校註国文叢書』第十六巻『今昔物語　上巻』（一九一五・七、博文館）、同第十七巻『今昔物語　下巻　古今著聞集』（同・八）の註釈の記述などにも認められるのです。例えば、同書で「下人」に付された「注」は「田舎人の召使どもなるべし」とあり、「下種の人にて、百姓などをいへるならん」などともあるのです。特に後者は、前出の「羅城門登上層見死人盗人語」の直前にある「摂津国来小屋寺盗鐘語」に付されていることからももっと注目されて良いでしょう。

芥川は、「今昔物語集」をなぜ自身の作品の典拠としたのでしょうか。一九一八年一月一日の「東京日日新聞」に発表された「「昔」――僕は斯う見る――」では、自分の作品は『昔』の再現を目的にしてゐない」という点で所謂歴史小説とは区別ができるかもしれないと述べています。あるテーマを「芸術的に最も力強く表現する為」に、「或異常な事件が必要」で、その事件が異常であればあるほど「今日この日本で起つた事としては書きこなし悪い」のだと言います。そこから生じる不自然さを避けるために「昔」に舞台をもとめるのだというのです。歴史に舞台を借りながらも、芥川文学の視線の先には常に現代の社会や人々の姿が捉えられているのです。

また、「羅生門」を読み進めていると、誰もが立ち止まってしまう、奇異に感じられる一語が作中には認められます。「Sentimentalism」というアルファベットで綴られた一語です。「羅生門」が初めて発表された「帝国文学」では英語の綴りで記されましたが、創作集の『羅生門』に収録された時に「Sentimentalisme」と末尾に「e」が書き加えられ、フランス語の綴りに変えられました。平安時代の下人の物語を語るこの作品の「語り手」は、英語やフランス語を駆使できる現代の知識人の一人だということが、ここから云えるのです。もちろん、時刻を表すのに「何分かの後である」などと近代以降の六十進法によって時間を刻む言葉を、「猿の刻下がり」などと一緒に使用している処からも、現代に生きる者の一人であることがわかるのです。

作者の芥川龍之介にとって、この「Sentimentalism」の一語は、どのような意味を持つ言葉として理解されていたのでしょうか。現代では「感傷主義」などと説明されることが多い一語ですが、当時の英語の辞書では、「感覚」や「感情」、「鋭敏」などの語が訳としてあてられています（イーストレーキ、棚橋一郎共訳『ウェブスター氏新刊大辞書和訳字彙』一八八八・九、三省堂）。また、フランス語の辞書には、「感傷主義」、「感情主義」、「感情惑溺」、「感情本意」、「感傷癖」などとあります（廣瀬哲士、他編『模範仏和大辞典』一九二一・四、白水社）。

先ずは、これらの意味を意識しながら、「下人」の人物像を掘り下げることが大切なのだと言えるでしょう。そして、芥川の理解した「Sentimentalism」の意味をさらに探る上では、芥川が受講した東京帝国大学の美学の担当教授であった大塚保治の講義に注目することが求められると考えられます。それは、芥川の学生時代の聴講ノート「欧州近世文芸史vol.Ⅰ」（山梨県立文学館蔵）に、「Sentimentalism」の語が綴られているからなのです。

大塚保治は、この講義の中で、ドイツ人の歴史学者ランプレヒト『Moderne Geschichtswissenschaft』（一九〇五）で展開された学説を紹介しています。ノートには、「苦楽相合せる状を示し Greenisch yellow の与ふる如き感覚是也 Sentimentalism の如き Humour の如き tragic が如き感情、著しく現る。Germany に於て当時 Tragedy の大作を生ぜしもこの為也。（以上を第一期とす）」と綴られています。このような混合感情を有するドイツ国民の感情と思考と行動の関わりを、ランプレヒトが「刺激」や「反応」、「衝動」といった語で説明した部分です。芥川の「知」の享受が、直接に作品に援用され、下人が老婆の言葉に「反応」し、理知ではなく情動的に行動したとする解釈につながる点で重要です。

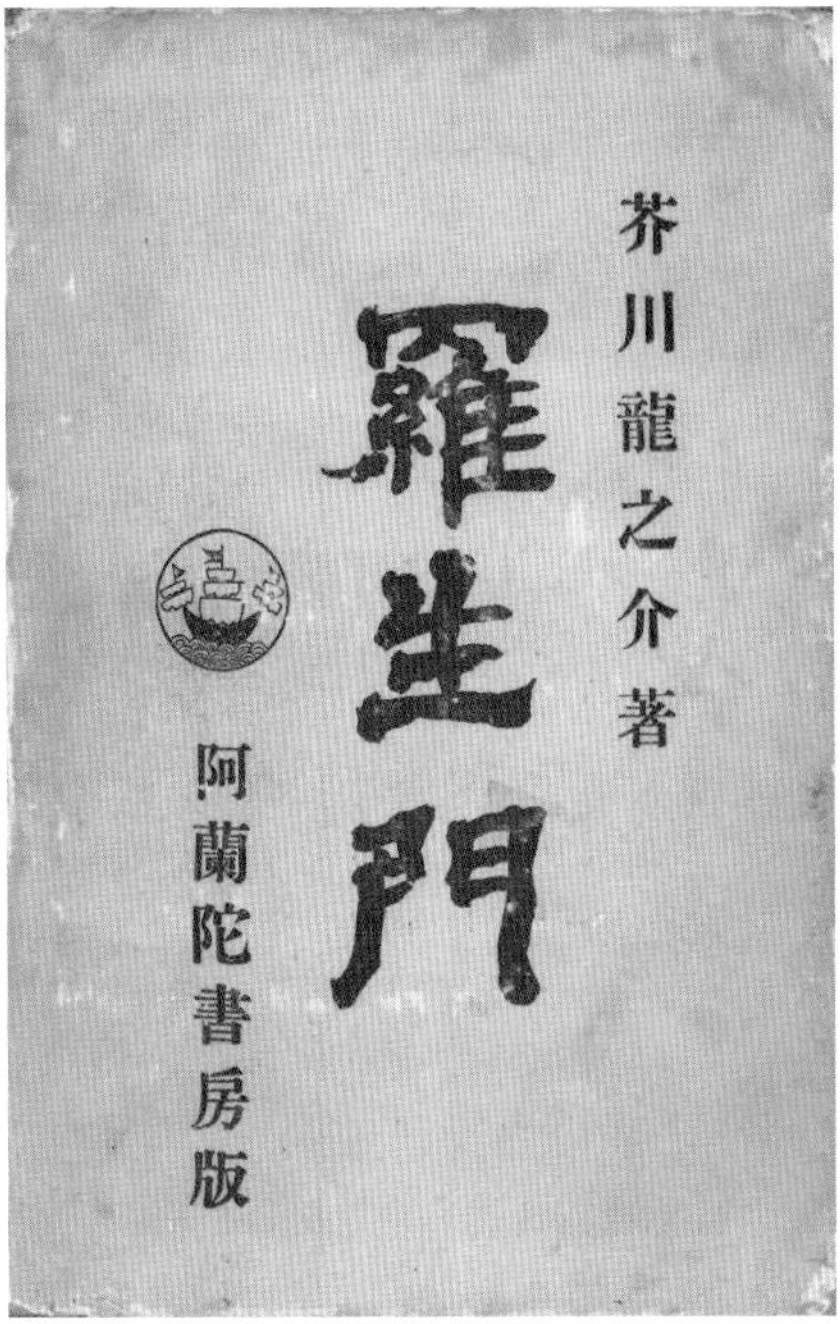

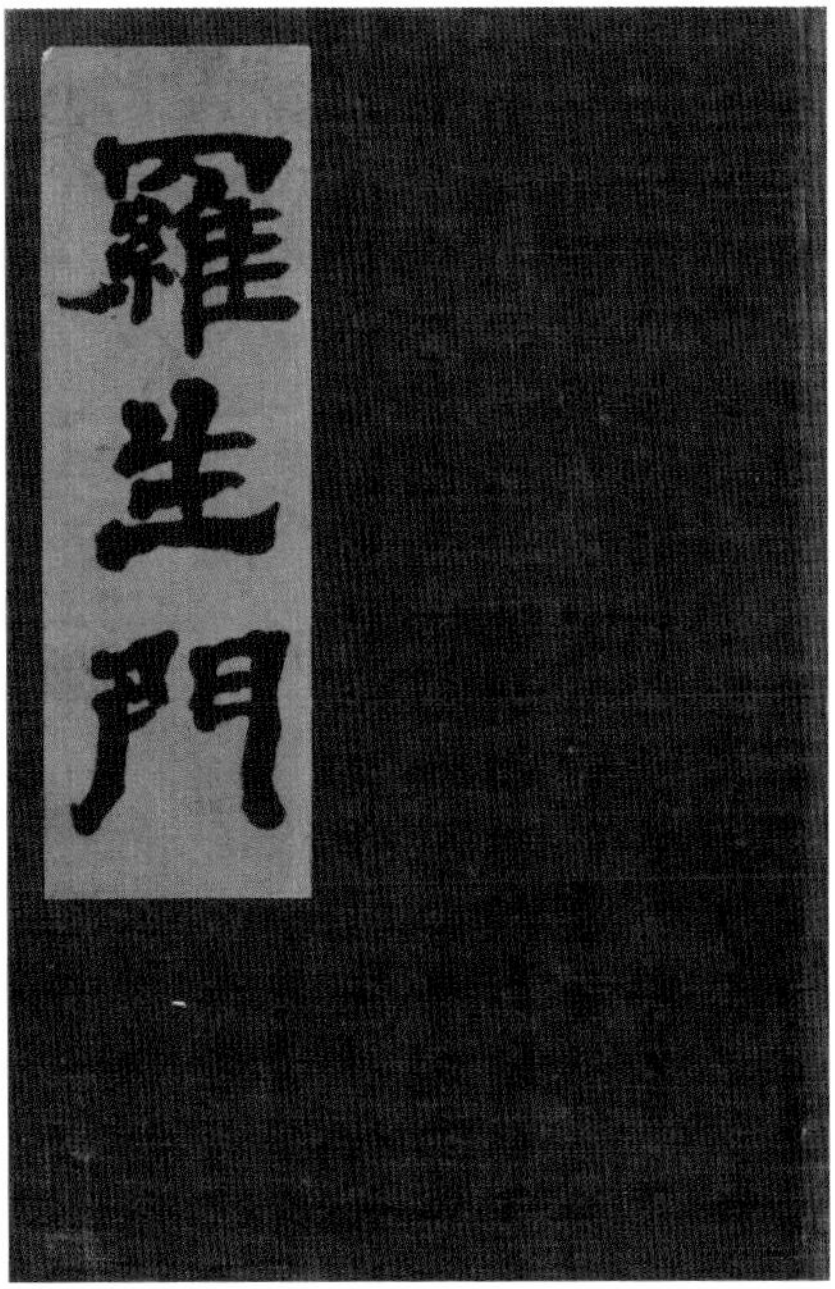

芥川龍之介『羅生門』

1917（大正6）年5月、阿蘭陀書房

芥川龍之介が装幀をおこない、「羅生門」の題簽などの揮毫を敬愛する第一高等学校の恩師菅虎雄に依頼しました。「羅生門」のほかに、「鼻」「孤独地獄」「父」「芋粥」「手巾」などを収録。

ところで、芥川龍之介を文壇に押し出した存在として、夏目漱石という存在を忘れてはならないでしょう。一九一五（大正四）年一一月一八日、友人の林原耕三に連れられて久米正雄と共に漱石山房を訪れた芥川は、この時から漱石晩年の弟子の一人となったのです。第四次「新思潮」は、自分たちの創作を「原稿用紙」のまま漱石に読んでもらうことをためらい、漱石を唯一の読者として想定した中で立ち上げられた文芸同人誌です。創刊号に載せた「鼻」が漱石の賞賛を得たことで、芥川は文壇に広くその名が知られることになりました。

拝啓新思潮のあなたのものと久米君のものと成瀬君のものを読んで見ましたあなたのものは大変面白いと思ひます落着があつて巫山戯てゐなくつて自然其儘の可笑味がおつとり出てゐる所に上品な趣がありますそれから材料が非常に新らしいのが眼につきます文章が要領を得て能く整つてゐます敬服しました、あゝいふものを是から二三十並べて御覧なさい文壇で類のない作家になれます

（夏目漱石　芥川龍之介宛書簡　一九一六・二・一九付）

同年三月二日の「読売新聞」には、「新思潮（創刊号）旧「新思潮」の二三の人其他に依つて生れし文芸雑誌にして、夏目漱石氏が激賞せしてふ芥川龍之介氏作小説「鼻」は材を平安朝にとりしもの。本号の白眉なるべく」とあります。実に華やかな門出となりました。「新時代の作家になる積でせう、僕も其積であなた方を見てゐます」（夏目漱石　久米正雄・芥川龍之介宛書簡　一九一六・八・二一付）と語りかけてくれた恩師の大きな愛に包まれて、作家芥川龍之介の歩みは始まったのです。

しかしながら、それはわずか一年という短い時間の中の出来事でした。この年の一二月九日午後六時四五分、

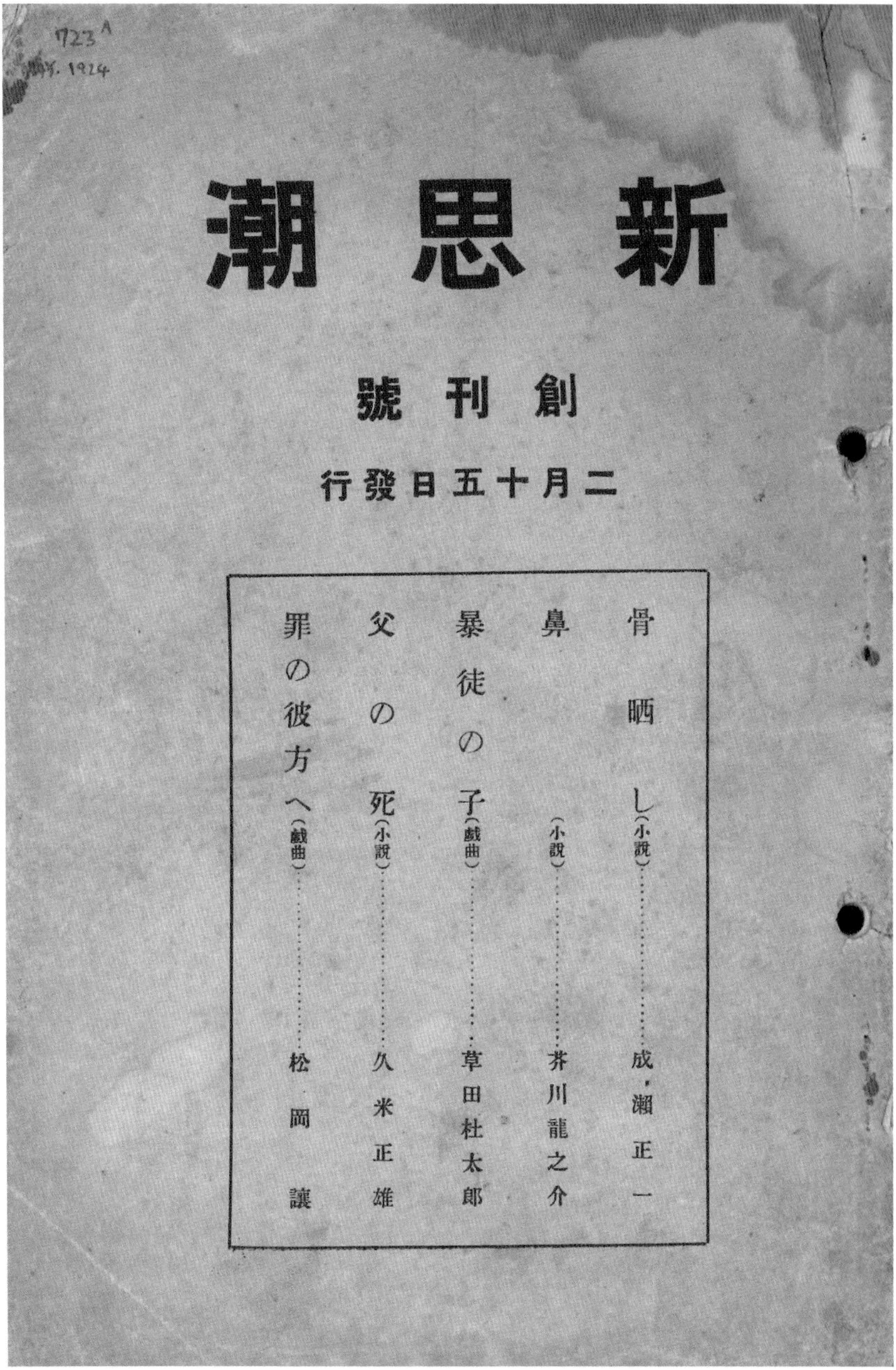

「鼻」を掲載した第四次「新思潮」創刊号　1916（大正5）年2月

漱石は持病の悪化により帰らぬ人となりました。臨終の床に駆けつけられなかった芥川龍之介は、敬愛する師の死を知らせてくれた久米正雄に宛てて、次の電報を打ちました。

ツウタンニタヘズ　アクタ

三、芥川龍之介の生涯

芥川龍之介には二人の「父」がいて、二つの「家」がありました。

実父の新原敏三は、周防国生見村（現、山口県岩国市）の農家の長男として生まれました。家は代々畦頭と言って、庄屋を補佐する役目を担う、元々は庄屋の家筋の家でした。幕末を迎えて家産の傾くなか、長州軍の農兵の一人として幕府を迎え撃った四境戦争（長州征伐）に従軍しましたが、戦闘で負傷した後に、山口市に住む同郷の知人を頼ってしばらく静養したとのことです。怪我の癒えた後に萩に移り、さらに大阪では造幣寮（現、財務省造幣局）に門番として勤めましたが、一八七六（明治九）年には下総御料牧場（現、千葉県成田市）に勤務し牧畜業を学びました。その後、日本の近代を代表する実業家である渋沢栄一が箱根・仙石原に開設した「耕牧舎」へと移り、渋沢の信任を受け、後に東京の牧場の経営を任されるに至りました。

敏三は、東京の牛乳販売業者として順調に経営を進め、一八八八（明治二一）年に発行された「大日本東京牛乳搾取業一覧」という番付表では、東の大関として掲載されています。芥川は、このように実業家としての成功

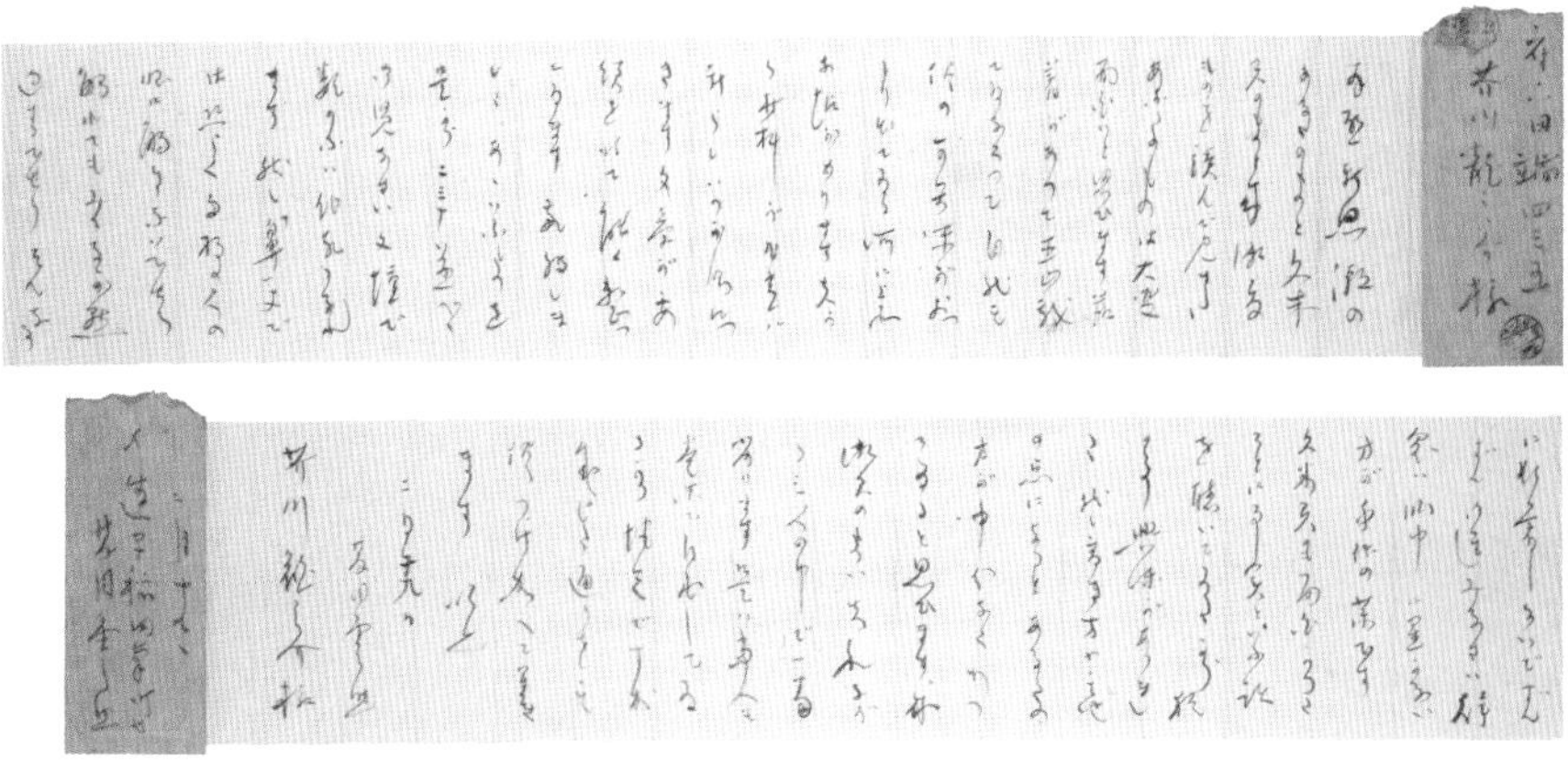

夏目漱石　芥川龍之介宛書簡　1916（大正5）年2月19日

作品「鼻」を読んだ漱石からの手紙。師漱石からの高評が何よりもありがたく、書く力となりました。

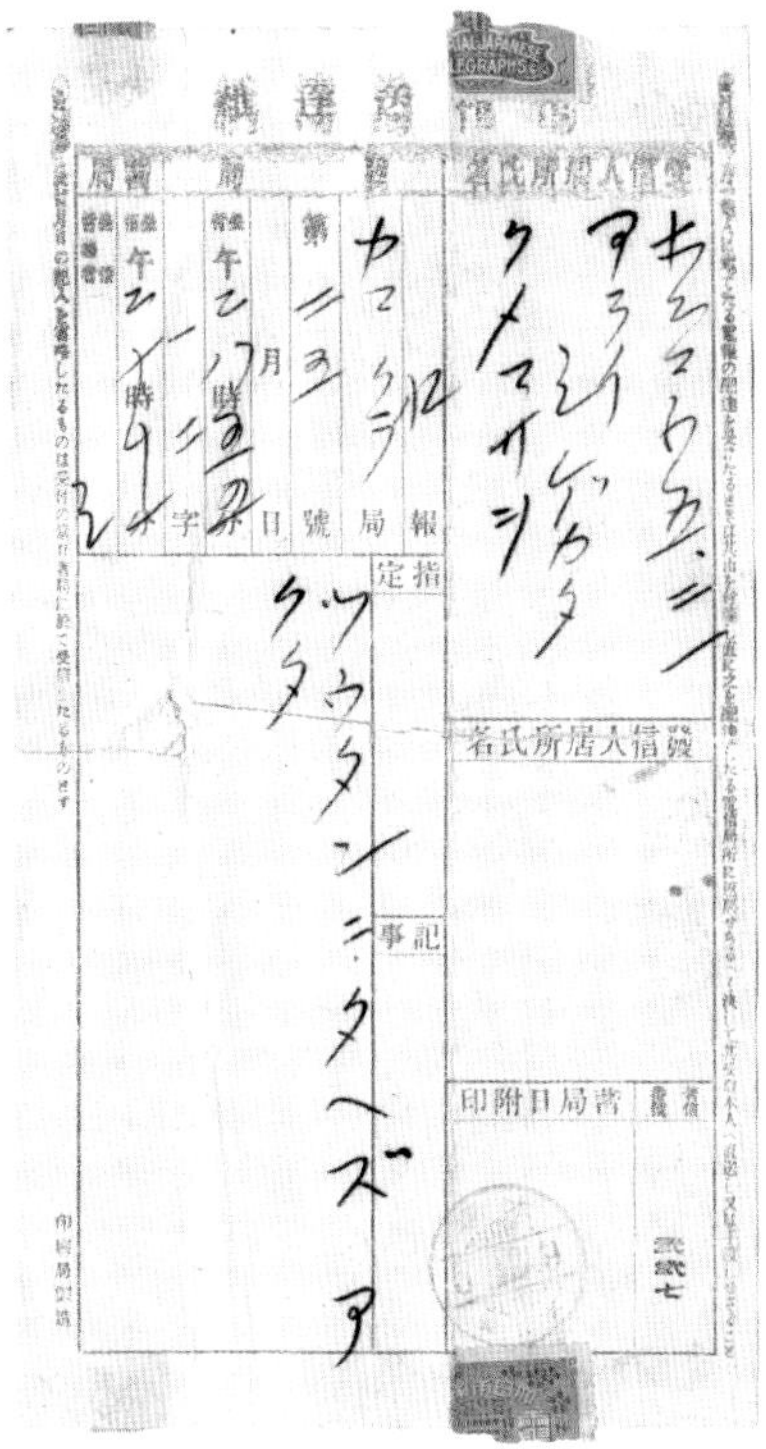

芥川龍之介　久米正雄宛電報

1916（大正5）年12月9日

郡山市こおりやま文学の森資料館蔵

をおさめた実父を、後年、作品「点鬼簿」(「改造」一九二六・一〇)で「僕の父は牛乳屋であり、小さい成功者の一人らしかつた」と、微妙な言い回しの中で語っています。

養父の芥川道章は、東京市の官吏として順調な出世を果たしたと言える人です。資料として残されている処から記せば、一八六八(明治元)年一〇月に「神奈川警衛隊」に所属していましたが、その後に東京市に出仕したことが、一八七五(明治八)年の『掌中官員録』「十四等出仕」のページでの氏名の記載から知られます。その後は、年を経るごとに昇進を果たし、芥川の誕生の頃には、役所での精励が認められて「従七位勲八等」の叙勲を受けました。退職後には日本橋室町にあった東銀行に出納係として勤めたことがわかっていますが、敏三の経営する耕牧舎の経理を手伝うこともあったと言われています。また、芥川家の家計は道章がその晩年まで預かっていたと言われており、「芥川経済部長」と記された「銭出入帳」の表紙も残されています。

芥川は、一九〇四(明治三七)年に養子縁組みが整い戸籍上は芥川家の長男となりますが、実家の新原家から学校に通うことの多くあったことが知られています。また、成人してからも何かある毎に、例えば、実姉の夫である西川豊が関わる事件(詐欺容疑で収監されたり、自殺をしたこと)などの際にその事態の収拾にあたっていたことからも、新原家、芥川家の二つの「家」の長男としてその生涯を生きたのだと言えるでしょう。

これらの事実から判断すれば、芥川龍之介は、実家、養家の双方が相応に余裕のある生活を営んでいたと見ることができ、「大導寺信輔の半生」(「中央公論」一九二五・一)で綴られたような家庭の「貧困」や主人公の「不幸」は、作者の生涯が直接に還元されて論じられるものではなく、文学作品という「場」に於ける虚構の「生」として創出されたものと捉えるべきなのかもしれません。

さて、芥川龍之介は、デビューの当時から人々に注目されつづけて作家としての歩みを残した人であったことは、既に夏目漱石との関係で述べました。帝国大学英文科を卒業した秀英、文豪漱石晩年の弟子、漢詩を詠み、短歌や俳句をものし、古今東西の文学や芸術に通じる文学者――そんなイメージの形成に大きく関わったメディアは、様々に「芥川龍之介」を語り、現代にまでつづく「芥川龍之介」像の祖型を作り上げたと言えるでしょう。また、一九一八（大正七）年に大阪毎日新聞社と「社友」の契約を交わし、その一年後には「特別社員」となったことも、専業作家としての道を切り開いてくれた大きな事件でした。大阪毎日新聞社では作品を発表するだけではなく、友人や知人らを執筆者として学芸部の薄田泣菫などに積極的に紹介する役目を担っています。系列にある「東京日日新聞」紙上に於ける「文芸欄」の創設を訴え、それを足がかりにした文壇での活動を目論んでいたこともこれまではあまり言及されてきませんでしたが、重要な点です。新聞社から派遣された一九二一（大正一〇）年の中国への旅は、結果として体調を崩す直接的な原因となったことではありましたが、同時代の急激に変化する大陸の状況に身近に接したことからは、自身のジャーナリスト的な側面を発揮することで、今を生きる作家としても大きな収穫を得たのだと言えます。

芥川龍之介は、いつからか自身の書簡が第三者に読まれることを意識した人でもありました。このことは、野上弥生子「芥川さんに死を勧めた話」（「文藝春秋」一九二九・四）に詳しいのですが、自らの全集が出版された際には、「書簡編」が加えられることを意識していたと言うのです。このことを踏まえるならば、書簡さえも、彼の創作の一つとして読者は読むことを求められるのでしょう。そういう中で、晩年の芥川は自らの最期を演出していったのかもしれません。一九二七（昭和二）年七月二四日に自ら命を絶ったことで、芥川自身が己の物語を補完し、揺るがぬ「像」として完結させたのだという見方の生まれる所以です。

四、教科書のなかの「羅生門」

「羅生門」が、初めて教科書に教材として登場したのは、一九五六（昭和三一）年発行の明治書院『高等学校総合2』、数研出版『日本現代文学選』、有朋堂『国文現代編』の三冊でした。このことについては、同時期に初めて採用された夏目漱石「こころ」や森鷗外「舞姫」と共に考察が加えられ、戦後の日本人の精神風景に重ねられた形で論じられてもいます。その後、多くの出版社がこれに続き、現在に至るのです。そして、二〇〇三（平成一五）年、高等学校の国語科の『国語総合』が新たに設置された際に、全出版社の教科書が「羅生門」を掲載する事態が生じたのです。これは、全国の高校一年生の全てが、教科書を通して芥川龍之介の「羅生門」を知り、その作品世界に触れることを意味します。「定番教材」との呼び名を与えられてきた「羅生門」でしたが、この事件をきっかけに、「定番教材」を超えた、「国民教材」と呼ぶ研究者や教育関係者も出てきました。

「羅生門」の教材としての価値は様々に指摘されてきましたが、高校一年生の小説読解の基本的な力を養うという観点からは、おおよそ次のような点が共有されていると言えるでしょう。

① 完成された、結構度の高い、面白い筋を持つ小説
② ストーリー展開が容易で、人物も少なく、それぞれの心情や関係性を把握しやすい
③ 生徒の興味と関心をひくテーマの今日性
④ 古典を素材としていて、後に続く古典教育につながる

田端の自宅の書斎にて妻の文と　1918（大正7）年

中国・楼外楼菜館で　1921（大正10）年 春

中国への旅行は、芥川にとって最初で最後の外国を訪ねる旅となりました。

四〇〇字詰め原稿用紙にすると約一六枚という短い分量は、全国の様々な状況の下で授業を受ける生徒たちにとっては、飽きることを覚えない長さなのかもしれません。平安朝に生きる登場人物たちと物語を語る現代（近代）の語り手との距離感が明確に示されていて、あらすじの単純さから見ても生徒たちが理解しやすいことはもちろんですが、教師にとっても教えやすい教材であるはずです。また、深く掘り下げた読書行為を希求する教室にとっては、表現のレベルの高さや作品そのものの完成度と共に、今日的な課題を持っていて、教室で生徒たちが文学教材に求める価値を、さらには生徒らの批評に耐える、或いは新たな読みの可能性を探らせるだけの力を保持した教材だと言えるでしょう。教室という現場で国語科教材というものが向き合わなければならない幅広いニーズに応える作品として、その価値が十分に認められているのです。恐らくは、今後に展開される国語科の教育現場に於いても、右のような点に文学教材の価値が求められるのだとすれば、小説「羅生門」は高等学校の国語教科書に載り続けることになるのでしょう。

五、広がる「羅生門」の世界

一九五〇（昭和二五）年八月、黒澤明監督による映画「羅生門」が公開されました。芥川龍之介の「藪の中」（「新潮」一九二二・一）が物語の本筋として採用され、メインの舞台が平安京の羅生門に据えられました。完成した作品は「羅生門」と名付けられ、人間の持つエゴイズムを鋭く衝いた作品として高い評価を得て、翌一九五一（昭和二六）年のヴェネツィア国際映画祭で最高位の金獅子賞を受賞しました。このことから、映画「羅生門」

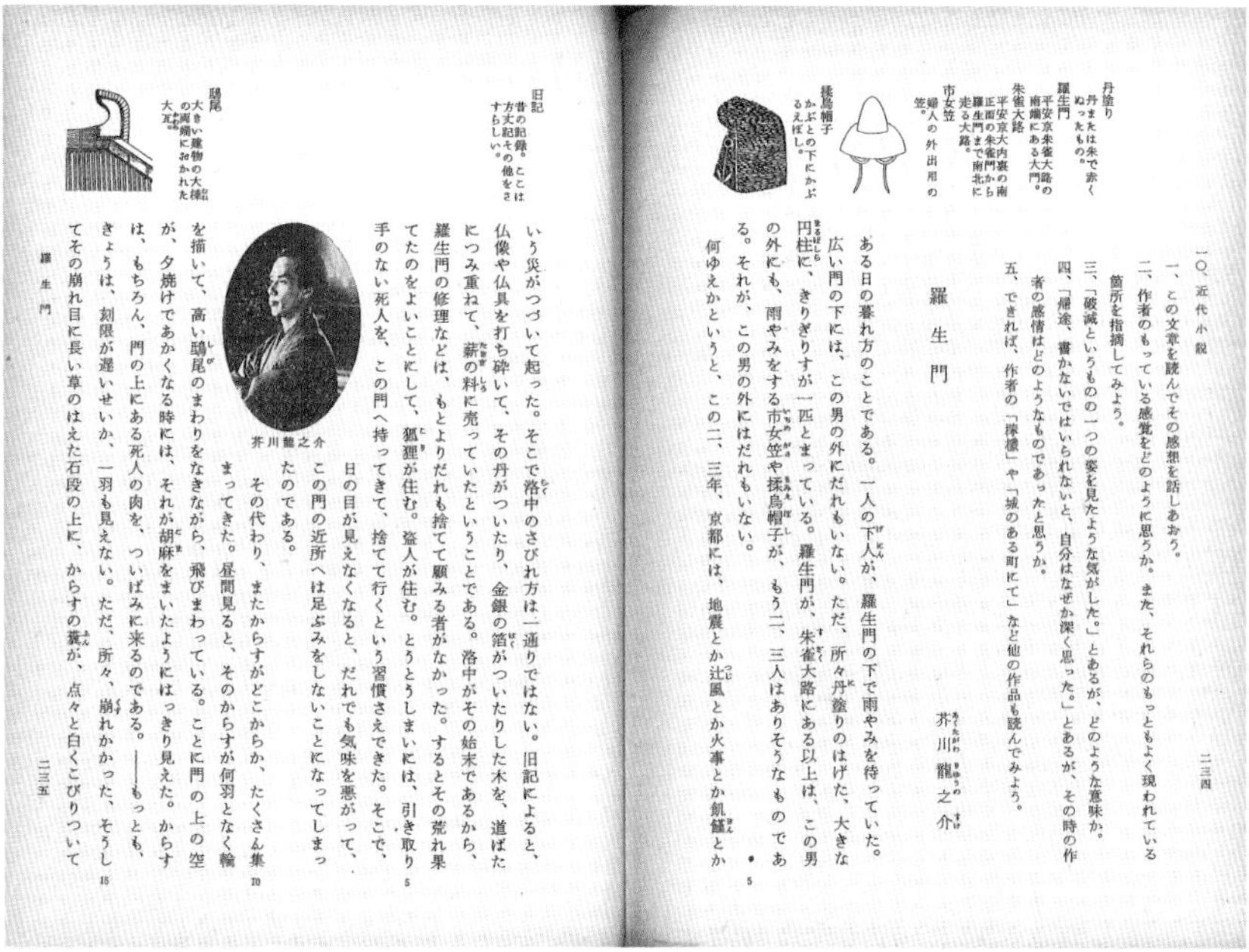

一〇、近代小説　二三四

一、この文章を読んでその感想を話しあおう。
二、作者のもっている感覚をどのように思うか。また、それらのもっともよく現われている箇所を指摘してみよう。
三、「破滅というものの一つの姿を見たような気がした。」とあるが、どのような意味か。
四、「帰途、書かないではいられないと、自分はなぜか深く思った。」とあるが、その時の作者の感情はどのようなものであったと思うか。
五、できれば、作者の「檸檬」や「城のある町にて」など他の作品も読んでみよう。

丹塗り　丹または朱で赤くぬったもの。
羅生門　平安京朱雀大路の南端にある大門。
朱雀大路　平安京大内裏の南正面の朱雀門から羅生門まで南北に走る大路。
市女笠　婦人の外出用の笠。
揉烏帽子　かぶとの下にかぶるえぼし。

羅生門

芥《あく》川《たがわ》龍《りゅうの》之介《すけ》

ある日の暮れ方のことである。一人の下人《げにん》が、羅生門の下で雨やみを待っていた。広い門の下には、この男の外にだれもいない。ただ、所々丹《に》塗りのはげた、大きな円柱《まるばしら》に、きりぎりすが一匹とまっている。羅生門が、朱雀《すざく》大路にある以上は、この男の外にも、雨やみをする市女笠《いちめがさ》や揉烏帽子《もみえぼし》が、もう二、三人はありそうなものである。それが、この男の外にはだれもいない。

何ゆえかというと、この二、三年、京都には、地震とか辻《つじ》風とか火事とか飢饉《ききん》とかいう災がつづいて起った。そこで洛《らく》中のさびれ方は一通りではない。旧記によると、仏像や仏具を打ち砕いて、その丹がついたり、金銀の箔《はく》がついたりした木を、道ばたにつみ重ねて、薪《たきぎ》の料《しろ》に売っていたということである。洛中がその始末であるから、羅生門の修理などは、もとよりだれも捨てて顧みる者がなかった。するとその荒れ果てたのをよいことにして、狐狸《こり》が住む。盗人が住む。とうとうしまいには、引き取り手のない死人を、この門へ持ってきて、捨てて行くという習慣さえできた。そこで、日の目が見えなくなると、だれでも気味を悪がって、この門の近所へは足ぶみをしないことになってしまったのである。

その代わり、またからすがどこからか、たくさん集まってきた。昼間見ると、そのからすが何羽となく輪を描いて、高い鴟尾《しび》のまわりをなきながら、飛びまわっている。ことに門の上の空が、夕焼けであかくなる時には、それが胡麻《ごま》をまいたようにはっきり見えた。からすは、もちろん、門の上にある死人の肉を、ついばみに来るのである。――もっとも、きょうは、刻限が遅いせいか、一羽も見えない。ただ、所々、崩《くず》れかかった、そうしてその崩れ目に長い草のはえた石段の上に、からすの糞《ふん》が、点々と白くこびりついて

芥川龍之介

旧記　昔の記録。ここは方丈記その他をさすらしい。
鴟尾　大きい建物の大棟《おおむね》の両端におかれた大瓦《おおがわら》。

羅生門　二三五

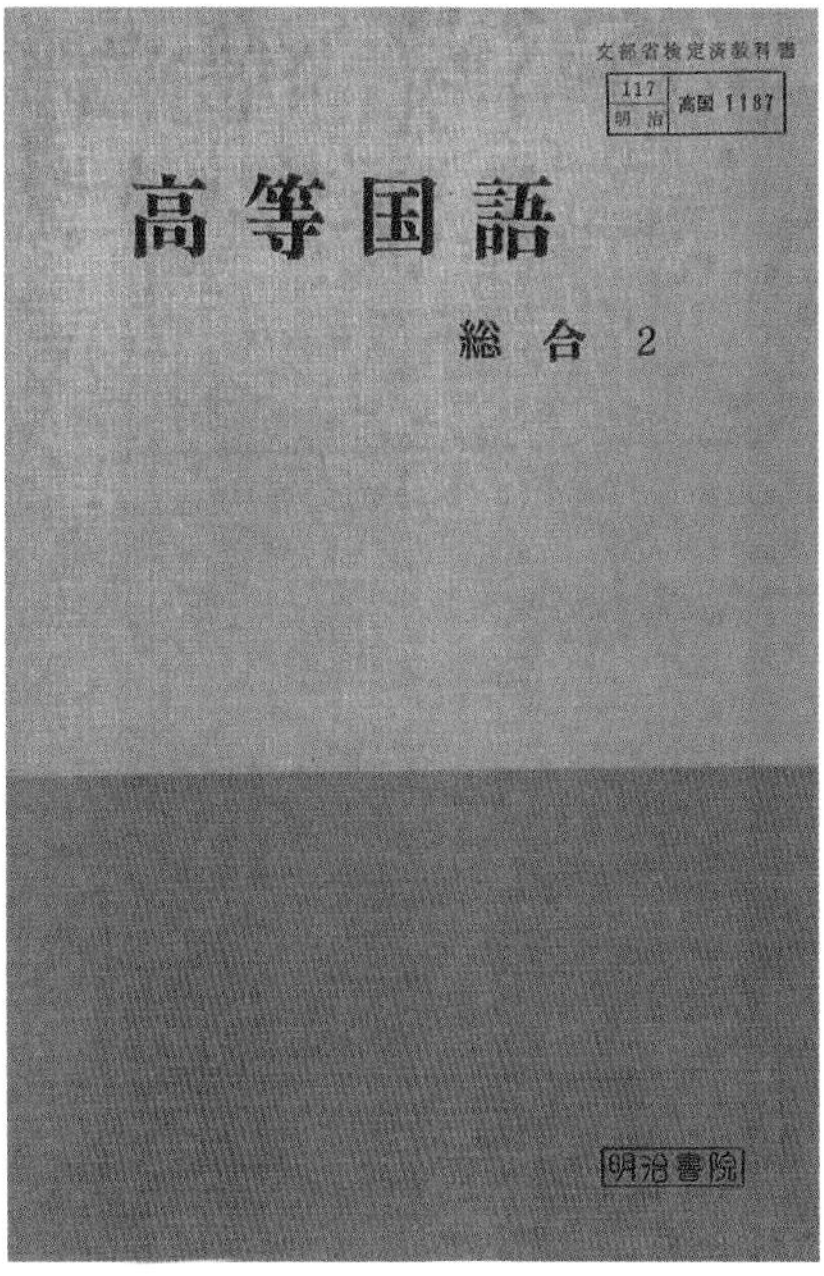
文部省検定済教科書
117 明治　高国 1187
高等国語
総合 2
明治書院

西下経一ほか編
『高等国語　総合2』
1956（昭和31）年、明治書院
教科書図書館蔵

は日本映画が世界で認められるきっかけとなる一本となりました。そして、原作者の芥川龍之介の名も、世界の読書人の関心を超えたエンターテインメントの世界でも広く知られるようになったのです。

映画「羅生門」では、舞台である羅生門は朽ち果てた世界の象徴として存在し、倫理や道徳を見失った荒廃した社会を浮き彫りにしますが、結末には黒沢監督の人間に向けた優しい眼差しが描かれています。国際映画祭での受賞の直後に作成されたプレスリリース用の資料には、「人間の心の底に棲む醜悪眼を覆うエゴイズムと、そして又、善意にすがつて生きざるを得ない弱点をトコトンまで追求する為に回想型式を全編に採り入れてある。／そして、時代劇とは云え、同監督の独特の想になるように平安時代に舞台をかりたとは云え、地獄絵的な今日の世相の描出で、最も今日的な息吹きがユニークな映画技法の中に生きている。ヴィヴィットに富む黒澤独特の演出である」と記載されています。ここに綴られた文言は、「今昔もの」などの作品群について『昔』の再現を目的としてゐない」と綴った芥川自身の言葉にも重なるように思われます。

この受賞の後、作品「羅生門」の名に関わって展開された多くの芸術作品があります。それらはオペラや新劇などのジャンルにも及んでいますが、基本的にはこの黒澤明が創出したパターン――タイトルを「羅生門」とした上で、話の筋を「藪の中」に求めることを踏襲している作品が多いと言えるでしょう。

ところで、真実の明らかにできない状況を「真実は藪の中」と言いますが、このことは芥川龍之介「藪の中」がその起源としてあることはよく知られています。しかしながら、アメリカでは、「真実はRashomon（Rashomon effect）」と言うのだそうです。このことは、勿論、黒澤監督作品「羅生門」の影響なのです。

映画「羅生門」の一場面

映画の宣伝に使われた

「大映ニュース」

1950（昭和25）年8月25日　個人蔵

「羅生門」のロードショー公開時のもの。この翌年に映画賞を受賞し、世界に知られる作品となりました。

第二章　中島敦「山月記」

山下　真史

教科書と中島敦

中島敦は一九〇九（明治四二）年、東京に生まれました。小学校の後半から中学時代を京城《けいじょう》（ソウル）で過ごした後、第一高等学校から東京帝国大学に入学し、一九三三（昭和八）年に卒業。横浜高等女学校で教鞭を執りながら、小説を書いていましたが、文名は上がらず、ぜんそくの悪化から転地療養を考え、一九四一（昭和一六）年、パラオの南洋庁に赴任し、翌一九四二（昭和一七）年三月に帰国しました。帰国後、「光と風と夢」が芥川賞候補になるなど、文壇の注目を浴び、パラオを舞台にした小説群、中国古典に取材した「名人伝」「弟子」「李陵・司馬遷」等の名作を続々と執筆しましたが、同年一二月、ぜんそくのために三十三歳で急逝しました。

中島敦の作品で、最初に教科書に採られたのは「弟子」です。最後の国定教科書の『中等国語　二（4）』（中学生用、一九四七）にその一部が「孔子と子路」という題で採られました。

「山月記」が高等学校の教科書に初めて採用されたのは、一九五一（昭和二六）年のことです。この年は検定教科書に移行した年で、『新国語　高等学校　六』（二葉）と『高等国語　二上』（三省堂）に採用されました。その後、多くの教科書に採られるようになり、「山月記」は今や高等学校二年次の定番教材となっています。

中島敦の他の作品では、「名人伝」「李陵」などが教科書に採用されたことがあります。

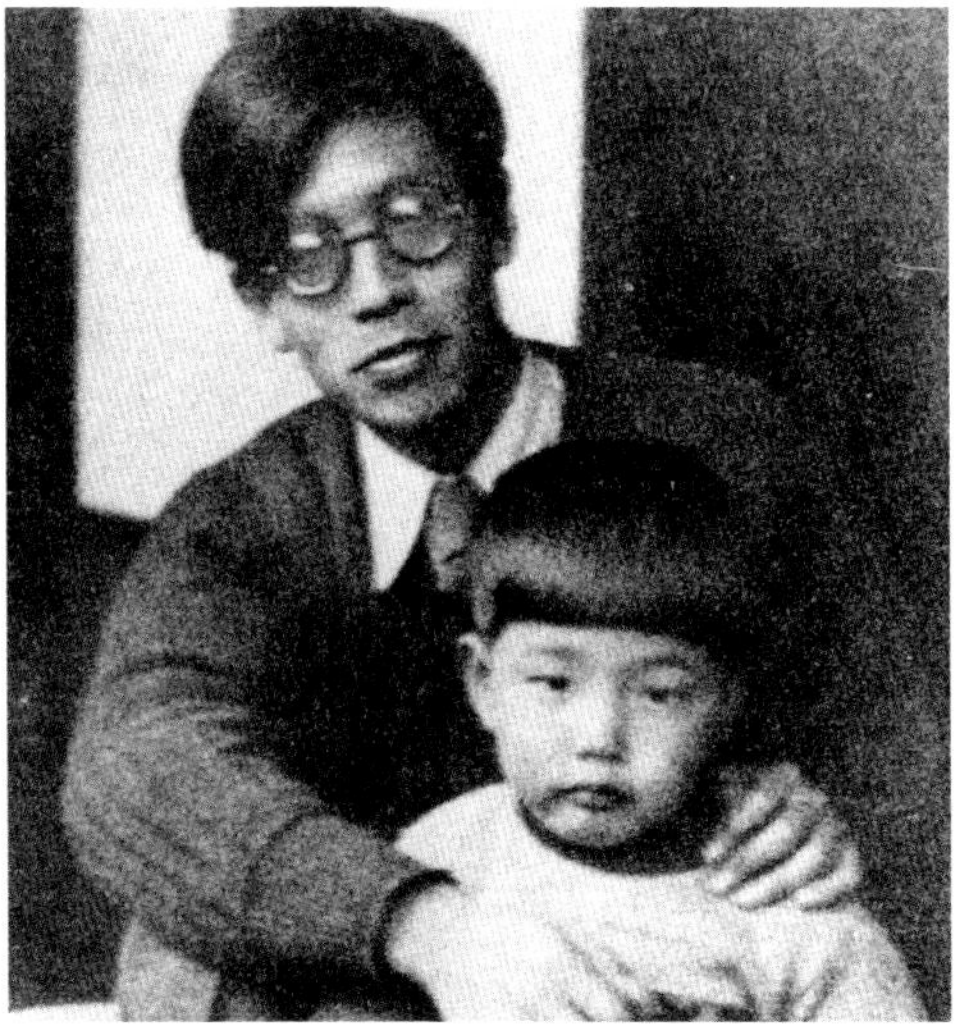

中島敦　1937 年頃　長男・桓（たけし）と

一、「山月記」の世界

◇初出と同時代評

「山月記」は一九三九―四〇（昭和一四―一五）年頃に執筆されたと推定されます。「山月記」に関する肉筆資料で現存するのは、構想の一部になったメモと雑誌本文への書き込みだけで、原稿は現存していません。

中島敦は当時パラオにあった南洋庁に赴任する前の一九四一（昭和一六）年五月に、「狐憑《きつねつき》」「木乃伊《みいら》」「山月記」「文字禍」の四編と、「ツシタラの死」（後に「光と風と夢」と改題）の原稿を先輩作家深田久彌に預けました。それを読

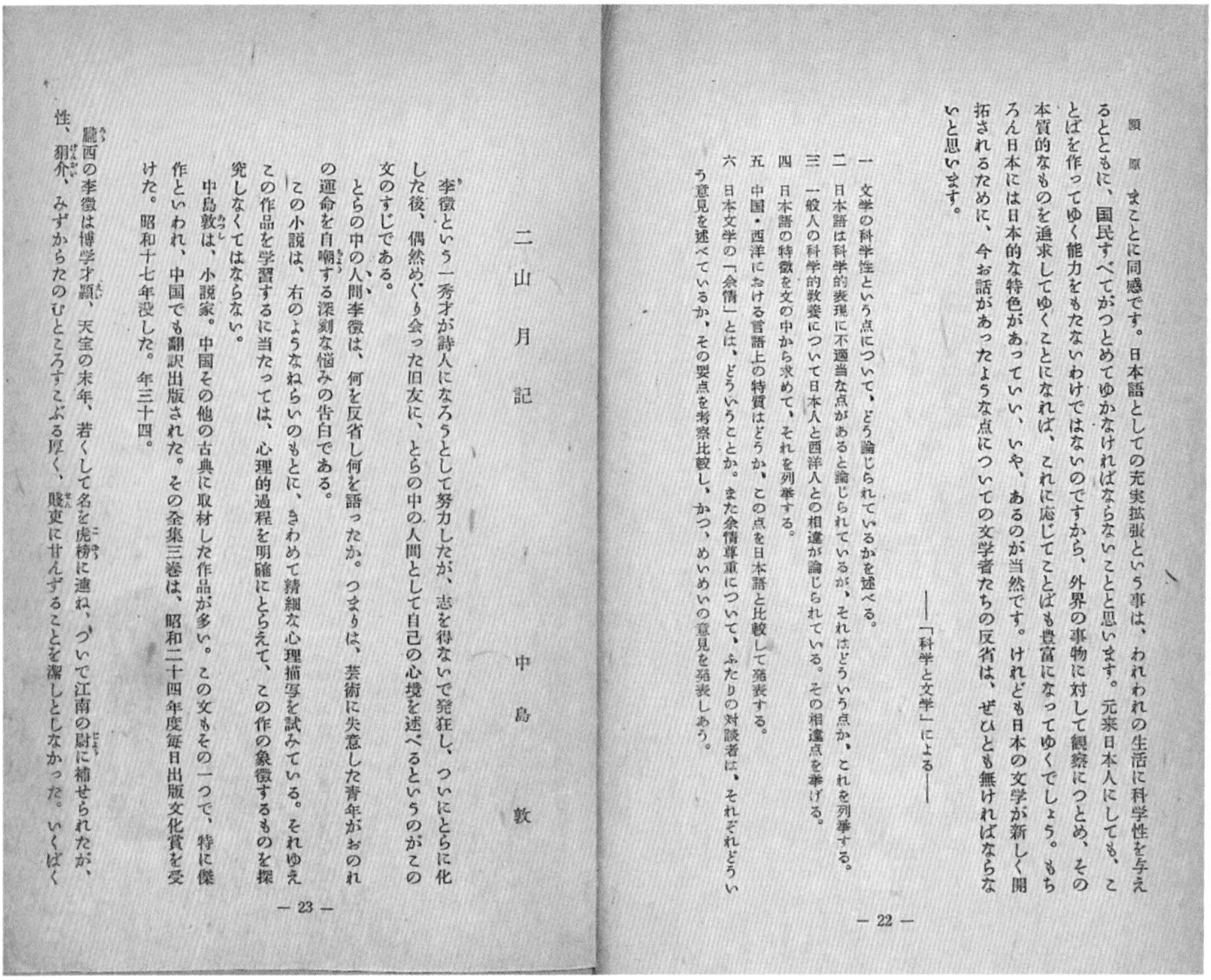

須原　まことに同感です。日本語としての充実拡張という事は、われわれの生活に科学性を与えるとともに、国民すべてがつとめてゆかなければならないことと思います。元来日本人にしても、ことばを作ってゆく能力をもたないわけではないのですから、外界の事物に対して観察につとめ、その本質的なものを追求してゆくことになれば、これに応じてことばも豊富になってゆくでしょう。もちろん日本には日本的な特色があっていい、いや、あるのが当然です。けれども日本の文学が新しく開拓されるために、今お話があったような点についての文学者たちの反省は、ぜひとも無ければならないと思います。

——「科学と文学」による——

一　文学の科学性という点について、どう論じられているかを述べる。
二　日本語は科学的表現に不適当な点があると論じられているが、それはどういう点か、これを列挙する。
三　一般人の科学的教養について日本人と西洋人との相違が論じられている。その相違点を挙げる。
四　日本語の特徴を文の中から求めて、それを列挙する。
五　中国・西洋における言語上の特質はどうか、この点を日本語と比較して発表する。
六　日本文学の「余情」とは、どういうことか。また余情尊重について、ふたりの対談者は、それぞれどういう意見を述べているか、その要点を考察比較し、かつ、めいめいの意見を発表しあう。

— 22 —

二　山月記

中島　敦

李徴という一秀才が詩人になろうとして努力したが、志を得ないで発狂し、ついにとらに化した後、偶然めぐり会った旧友に、とらの中の人間として自己の心境を述べるというのがこの文のすじである。

とらの中の人間李徴は、何を反省し何を語ったか。つまりは、芸術に失意した青年がおのれの運命を自嘲《ちょう》する深刻な悩みの告白である。

この小説は、右のようなねらいのもとに、きわめて精細な心理描写を試みている。それゆえこの作品を学習するに当たっては、心理的過程を明確にとらえて、この作の象徴するものを探究しなくてはならない。

中島敦《あつし》は、小説家。中国その他の古典に取材した作品が多い。この文もその一つで、特に傑作といわれ、中国でも翻訳出版された。その全集三巻は、昭和二十四年度毎日出版文化賞を受けた。昭和十七年没した。年三十四。

隴《ろう》西の李徴は博学才頴《えい》、天宝の末年、若くして名を虎榜《こぼう》に連ね、ついで江南の尉《じょう》に補せられたが、性、狷介《けんかい》、みずからたのむところすこぶる厚く、賤《せん》吏に甘んずることを潔しとしなかった。いくばく

— 23 —

岩井良雄ほか編
『新国語 高等学校 六』
1950（昭和25）年3月、二葉
教科書図書館蔵

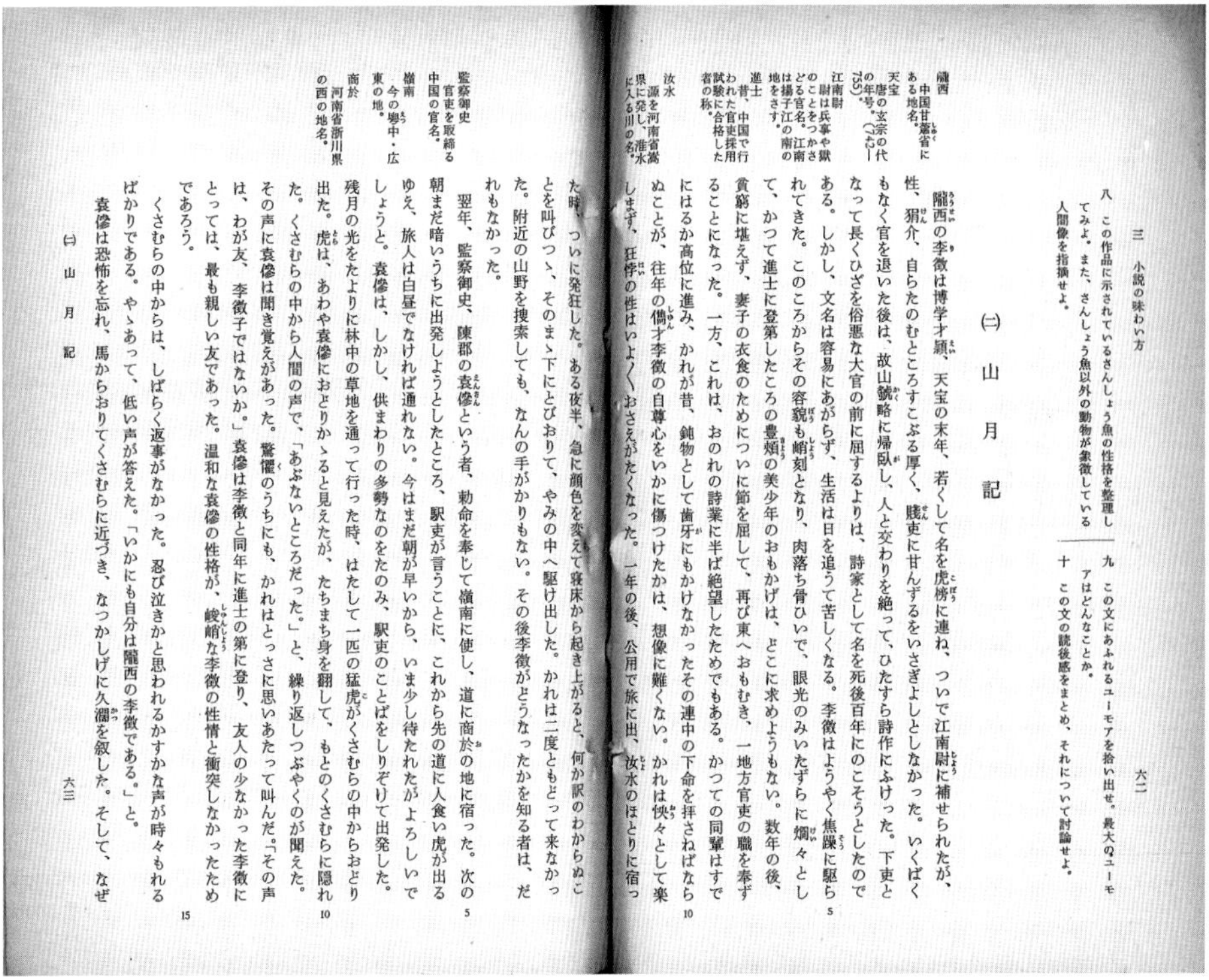

三　小説の味わい方　六二

八　この作品に示されているさんしょう魚の性格を整理してみよ。また、さんしょう魚以外の動物が象徴している人間像を指摘せよ。

九　この文にあふれるユーモアを拾い出せ。最大のユーモアはどんなことか。

十　この文の読後感をまとめ、それについて討論せよ。

㈡　山月記

隴西《ろうせい》の李《り》徴は博学才穎《えい》、天宝の末年、若くして名を虎榜《こぼう》に連ね、ついで江南尉《じょう》に補せられたが、性、狷《けん》介、自らたのむところすこぶる厚く、賤《せん》吏に甘んずるをいさぎよしとしなかった。いくばくもなく官を退いた後は、故山虢《かく》略に帰臥《が》し、人と交わりを絶って、ひたすら詩作にふけった。下吏となって長くひざを俗悪な大官の前に屈するよりは、詩家として名を死後百年にのこそうとしたのである。しかし、文名は容易にあがらず、生活は日を追うて苦しくなる。李徴はようやく焦躁《そう》に駆られてきた。このころからその容貌《ぼう》も峭《しょう》刻となり、肉落ち骨ひいで、眼光のみいたずらに烱《けい》々として、かつて進士に登第したころの豊頬《きょう》の美少年のおもかげは、どこに求めようもない。数年の後、貧窮に堪えず、妻子の衣食のためについに節を屈して、再び東へおもむき、一地方官吏の職を奉ずることになった。一方、これは、おのれの詩業に半ば絶望したためでもある。かつての同輩はすでにはるか高位に進み、かれが昔、鈍物として歯牙《が》にもかけなかったその連中の下命を拝さねばならぬことが、往年の雋《しゅん》才李徴の自尊心をいかに傷つけたかは、想像に難くない。かれは怏《おう》々として楽しまず、狂悖《はい》の性はいよいよおさえがたくなった。一年の後、公用で旅に出、汝《じょ》水のほとりに宿った時、ついに発狂した。ある夜半、急に顔色を変えて寝床から起き上がると、何か訳のわからぬことを叫びつゝ、そのまゝ下にとびおりて、やみの中へ駆け出した。かれは二度ともどって来なかった。附近の山野を捜索しても、なんの手がかりもない。その後李徴がどうなったかを知る者は、だれもなかった。

翌年、監察御史、陳郡の袁傪《えんさん》という者、勅命を奉じて嶺南に使し、道に商於《お》の地に宿った。次の朝まだ暗いうちに出発しようとしたところ、駅吏が言うことに、これから先の道に人食い虎が出るゆえ、旅人は白昼でなければ通れない。今はまだ朝が早いから、いま少し待たれたがよろしいでしょうと。袁傪は、しかし、供まわりの多勢なのをたのみ、駅吏のことばをしりぞけて出発した。残月の光をたよりに林中の草地を通って行った時、はたして一匹の猛虎《こ》がくさむらの中からおどり出た。虎《とら》は、あわや袁傪におどりかゝると見えたが、たちまち身を翻して、もとのくさむらに隠れた。くさむらの中から人間の声で、「あぶないところだった。」と、繰り返しつぶやくのが聞えた。その声に袁傪は聞き覚えがあった。驚懼《く》のうちにも、かれはとっさに思いあたって叫んだ。「その声は、わが友、李徴子ではないか。」袁傪は李徴と同年に進士の第に登り、友人の少なかった李徴にとっては、最も親しい友であった。温和な袁傪の性格が、峻峭《しゅんしょう》な李徴の性情と衝突しなかったためであろう。

くさむらの中からは、しばらく返事がなかった。忍び泣きかと思われるかすかな声が時々もれるばかりである。やゝあって、低い声が答えた。「いかにも自分は隴西の李徴である。」と。袁傪は恐怖を忘れ、馬からおりてくさむらに近づき、なつかしげに久闊《かつ》を叙した。そして、なぜ

隴西　中国甘粛《しゅく》省にある地名。
天宝　唐の玄宗の代の年号。(742―755)。
江南尉　尉は兵事や獄のことをつかさどる官名。江南は揚子江の南の地をさす。
進士　昔、中国で行われた官吏採用試験に合格した者の称。
汝水　源を河南省嵩県に発し、淮水に入る川の名。
監察御史　官吏を取締る中国の官名。
嶺南　今の粤《えつ》中・広東の地。
商於　河南省淅川県の西の地名。

㈡　山　月　記　六三

金田一京助ほか編

『高等国語　二上』

1950（昭和25）年3月、三省堂出版

教科書図書館蔵

んだ深田は、翌一九四二（昭和一七）年二月、「文学界」に「古譚《こたん》」の総題の下に「山月記」と「文字禍」を発表しました。中島敦が自分の作品が雑誌に掲載されたのを知ったのは、三月一七日に南洋から戻ってきてからのことでした。これが文壇デビュー作となりました。

「三田文学」一九四二（昭和一七）年三月号の無署名の文芸時評では「中島敦の「古譚」は、近頃のがさつな文壇には珍らしい理智的な作品であつて、それだけ目立つて見える。しつかりしたねれた筆致で気品があり、悪ふざけでない面白さを持つてゐた。」と評されています。また、中村光夫は「子供と芸術家と夢」（「日本図書新聞」一九四二（昭和一七）年五月一一日）で、「その文章には今日の青年作家に稀《まれ》に見る一種蒼勁《そうけい》と形容したいほどの簡潔な落着きがあ」ると評しています。

◇作品の典拠

この作品の典拠は、李景亮《りけいりよう》撰「人虎伝」です。国民文庫刊行会編『国訳漢文大成　文学部第一二巻　晋唐《しんとう》小説』（一九二〇（大正九）年一二月）に収録されています。「人虎伝」にはいくつか異本がありますが、「山月記」に出てくる漢詩は、李景亮撰の「人虎伝」にのみ載っています。あらすじは以下のようです。

隴西の李徴は、博学で文才があり、若くして官吏登用試験に合格した。性格は倨傲《きよごう》で、人付き合いが悪く、仲間に嫌われ、うつうつとして楽しまなかった。そこで、人との交わりを断ったが、貧窮したので、衣食のために地方の役人になった。ある程度蓄財できたところで、李徴は故郷に帰ることにしたが、如墳《じよふん》の宿で病気になって発狂し、従者を鞭打った。十日ほどすると病がますますひどくなり、とうとうある夜、走り出してどこかに行っ

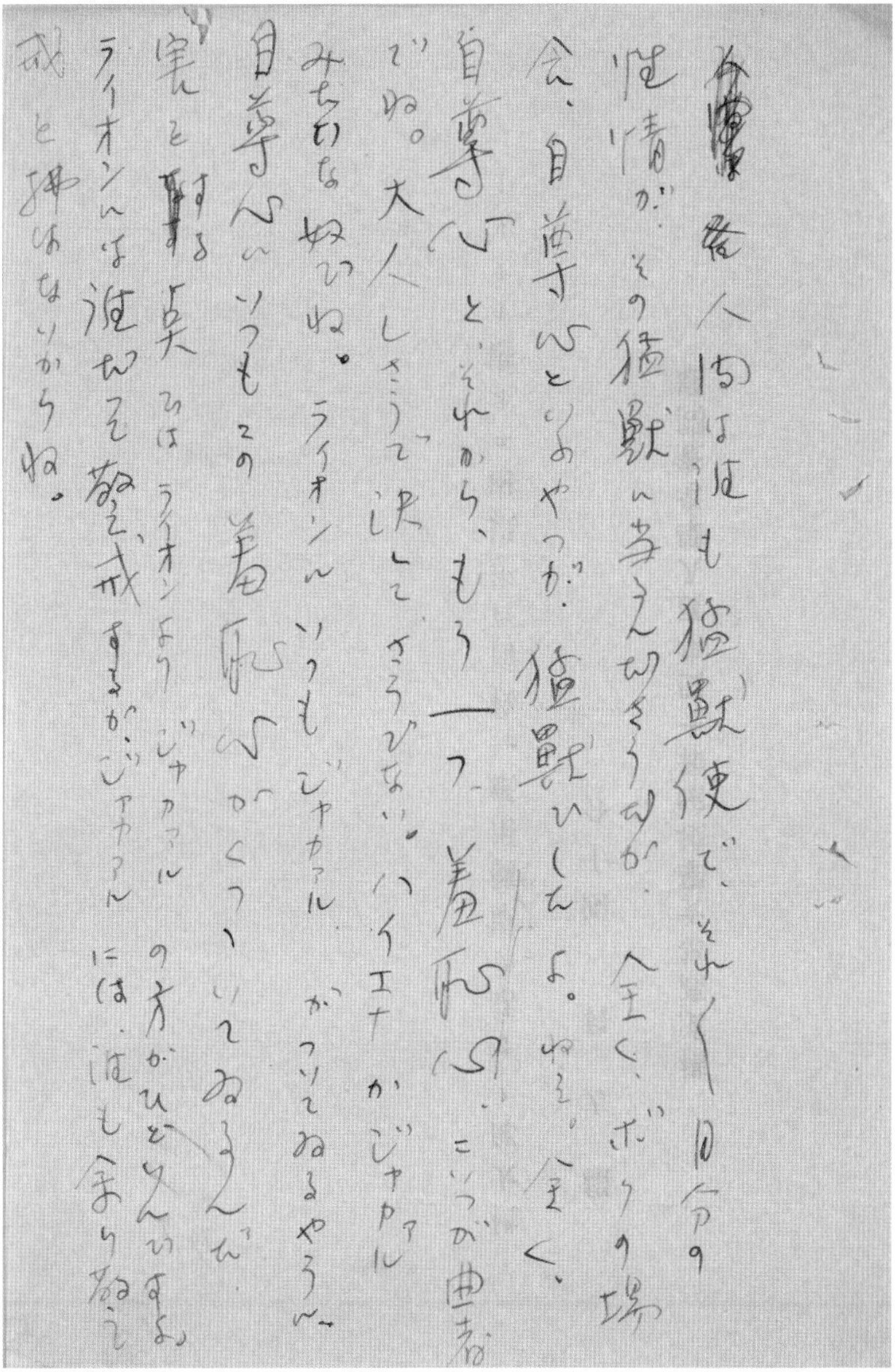

ノート第九　県立神奈川近代文学館所蔵

「横浜高等女学校昭和一四年度入学考査問題」用紙を裏返して袋とじにしたものに書かれています。李徴の独白の一部に近い台詞が書かれています。

てしまった。

翌年、李徴の友人の袁傪《えんさん》は、商於《しょうお》を通った時、虎となった李徴と出会った。李徴は袁傪に「自分は病気になって発狂し、虎になって、人を喰うようになった。恥ずかしくて姿を見せられない。妻子に自分は死んだとだけ伝え、生活に困らないようにして欲しい。それから、自分には以前作った詩があるのでそれを是非後世に伝えたい」と言って、詩を朗唱し、さらに即興の詩を披露した。

袁傪が何か後悔していることはないかと聞くと、李徴は「以前、ある未亡人と関係したところ、その家の者に殺されそうになり逢えなくなった。そこで家に火を付けて、一家みな殺した。そのことが悔やまれる」と答えた。

李徴は、袁傪に帰りに同じ場所を通らないようにと言い、妻子のことを再度頼んで別れた。袁傪が丘の上に着いた時、草むらの方を見ると、虎が躍り出て咆哮した。

後日、袁傪は李徴の妻子に手紙を送って葬儀のための財貨を与えた。すると、李徴の子が訪ねて来て、袁傪はやむなく詳細を告げた。その後、袁傪は李徴の妻子に自分の給料を分け与え、自身は出世した。

なお、中島敦とほぼ同じ時期に佐藤春夫が「親友が虎になつてゐた話」(「国民五年生」一九四一・五)を書いています。これは異本の「人虎伝」に基づくものですが、中島敦はそれを読んでいたわけではありません。

「人虎伝」と「山月記」は大まかな筋立ては同じですが、細部は結構違っています。まず、「山月記」に採用されなかった箇所を見てみます。一つめは、食べ物の話です。李徴が虎になった後で、飢えに耐えかねて、婦人を襲って食べてしまったところ、とても美味しく、記念にかんざしが取ってあるという話は採用されていません。

また、袁傪が李徴に自分の馬を一頭を食用に提供しようと申し出て、李徴と押し問答になる場面も採用されてい

古譚

中島敦

山月記

隴《ろう》西の李徴は博學才穎《さいえい》、天寶の末年、若くして名を虎榜《こぼう》に連ね、ついで江南尉に補せられたが、性、狷介、自ら恃む所頗る厚く、賤吏に甘んずるを潔しとしなかつた。いくばくもなく官を退いた後は、故山、虢《くわく》略に歸臥し、人と交を絶つて、ひたすら詩作に耽つた。下吏となつて長く膝を俗悪な大官の前に屈するよりは、詩家としての名を死後百年に遺さうとしたのである。しかし、文名は容易に揚らず、生活は日を逐うて苦しくなる。李徴は漸く焦躁に驅られて來た。この頃から其の容貌も峭刻となり、肉落ち骨秀で、眼光のみ徒らに炯々として、曾て進士に登第した頃の豐頰の美少年の俤は、何處に求めやうもない。數年の後、貧窮

（138）

中島敦「古譚」　「文学界」1942（昭和17）年2月

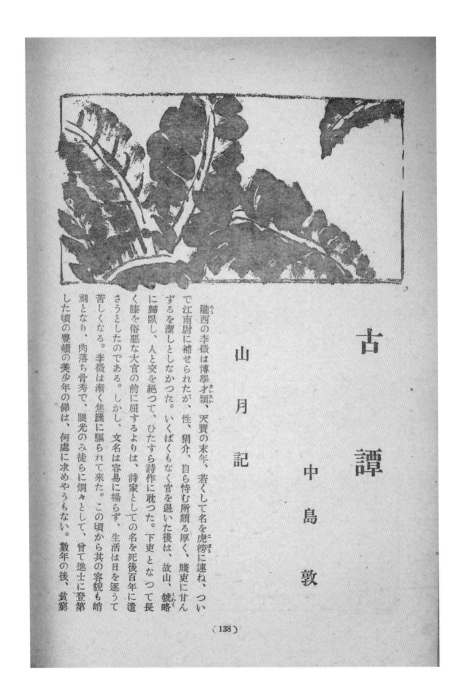

ません。リアルすぎてこの小説には合わないと考えたのでしょう。二つめは、李徴が虎になった理由として思い当たることを話す場面です。以前、火を着けて一家をみな殺しにしてしまったことがあると話す場面です。このような悪行の結果、虎になったという因果応報の話はこの小説には持ち込めないと考えたのでしょう。その他、袁傪が都に戻ってからの後日談も採用されていません。

次に、話の順番を入れ替えている所を見てみます。「人虎伝」では、まず、家族の生活の世話をしてほしいと頼み、次に詩の伝録を頼んでいますが、「山月記」では、順序を逆にし、先に詩の伝録を頼み、別れ際に家族の世話を頼んでいます。「山月記」ではそのように改変し、李徴に「本当は、先ず、此の事の方を先にお願ひすべきだつたのだ、己が人間だつたなら。飢ゑ凍えようとする妻子のことよりも、己《おのれ》の乏しい詩業の方を気にかけてゐる様な男だから、こんな獣に身を堕《おと》すのだ。」と言わせています。

そもそも「人虎伝」の李徴は、詩人になりたいと考えていた訳でないことも考え合わせると、中島敦は、「山月記」を詩人になりたかったのになれなかったという点に焦点を絞って書こうとしていることがわかります。

◇「虎」と「月」の描写

「山月記」に出てくる「虎」と「月」は、中島敦の他の作品にも出てきます。

虎が出てくる小説としては「虎狩」が挙げられます。中学生の「私」が京城（ソウル）の昌慶苑という動物園に虎を見に行った所は次のように書かれています。

私は虎の檻の前に行つて、佇んだ。スティイムの通つてゐる檻の中で私から一米《メートル》と隔たらない距離に、虎は

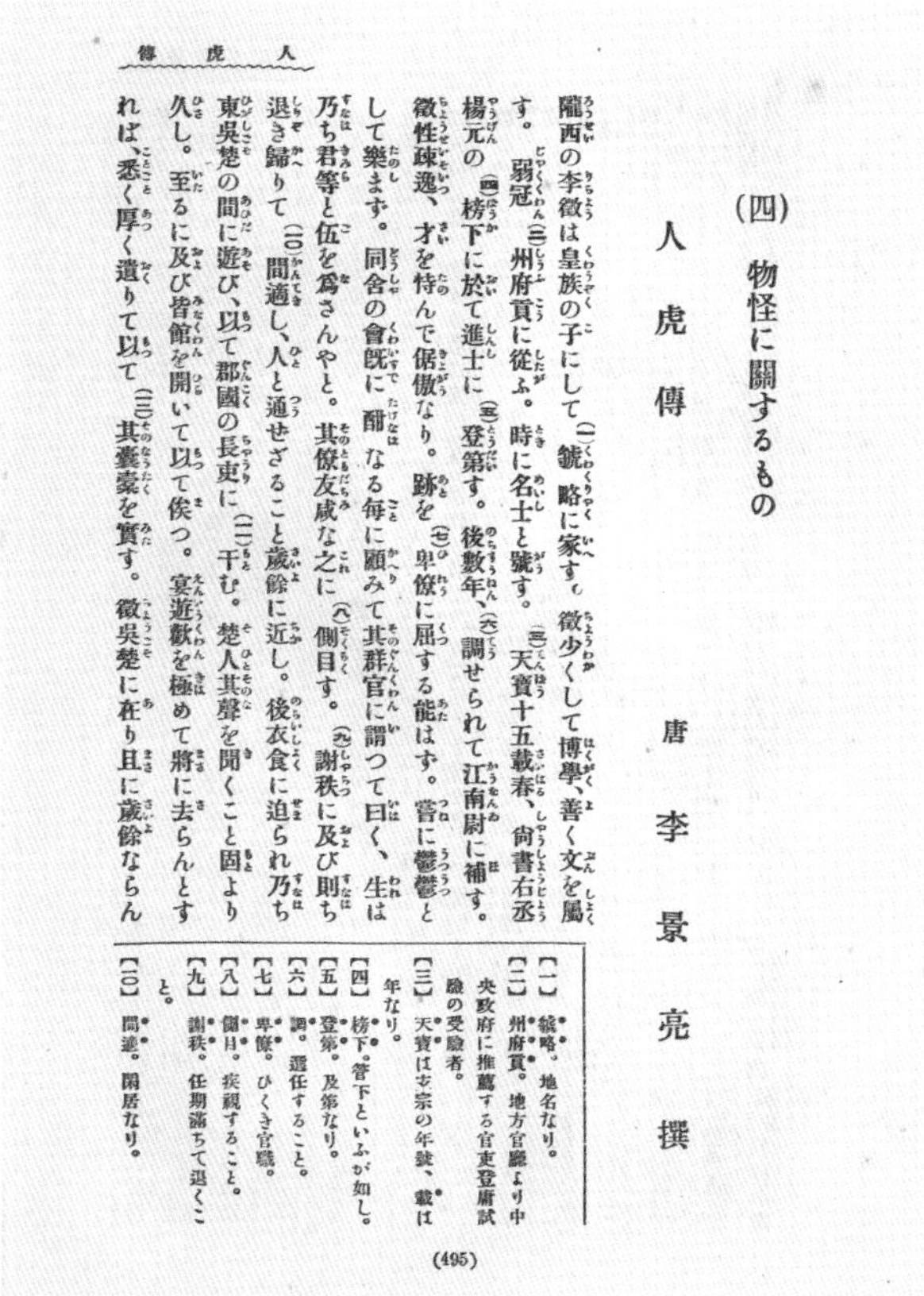

人虎傳

(四) 物怪に關するもの

人虎傳

唐 李景亮 撰

隴西《ろうせい》の李徴《りちよう》は皇族《くわうぞく》の子《こ》にして(一)虢略《くわくりやく》に家《いへ》す。徴少《ちようわか》くして博學《はくがく》、善《よ》く文《ぶん》を屬《しよく》す。弱冠《じやくくわん》(二)州府貢《しうふこう》に從《したが》ふ。時《とき》に名士《めいし》と號《がう》す。(三)天寶《てんぽう》十五載春《さいはる》、尙書右丞《しやうしよううじよう》楊元《やうげん》の(四)榜下《ばうか》に於《おい》て進士《しんし》に(五)登第《とうだい》す。後數年《のちすうねん》、(六)調《てう》せられて江南尉《かうなんゐ》に補《ほ》す。徴性疎逸《ちようせいそいつ》、才《さい》を恃《たの》んで倨傲《きよがう》なり。跡《あと》を(七)卑僚《ひれう》に屈《くつ》する能《あた》はず。嘗《つね》に鬱鬱《うつうつ》として樂《たのし》まず。同舍《どうしや》の會旣《くわいすで》に酣《たけなは》なる每《ごと》に顧《かへり》みて其群官《そのぐんくわん》に謂《い》つて曰《いは》く、生《われ》は乃《すなは》ち君等《きみら》と伍《ご》を爲《な》さんやと。其僚友咸《そのとうだちみ》な之《これ》に(八)側目《そくもく》す。(九)謝秩《しやちつ》に及《およ》び則《すなは》ち退《しりぞ》き歸《かへ》りて(一〇)閒適《かんてき》し、人《ひと》と通《つう》せざること歲餘《さいよ》に近《ちか》し。後衣食《のちいしよく》に迫《せま》られ乃《すなは》ち東呉楚《ひがしごそ》の間《あひだ》に遊《あそ》び、以《もつ》て郡國《ぐんこく》の長吏《ちやうり》に(一一)干《もと》む。楚人其聲《そひとそのな》を聞《き》くこと固《もと》より久《ひさ》し。至《いた》るに及《およ》び皆館《みなくわん》を開《ひら》いて以《もつ》て俟《ま》つ。宴遊歡《えんいうくわん》を極《きは》めて將《まさ》に去《さ》らんとすれば、悉《ことごと》く厚《あつ》く遺《おく》りて以《もつ》て(一二)其囊橐《そのなうたく》を實《みた》す。徴呉楚《ちようごそ》に在《あ》り且《まさ》に歲餘《さいよ》ならん

【一】虢略。地名なり。
【二】州府貢。地方官廳より中央政府に推薦する官吏登庸試驗の受驗者。
【三】天寶は玄宗の年號、載は年なり。
【四】榜下。管下といふが如し。
【五】登第。及第なり。
【六】調。遷任すること。
【七】卑僚。ひくき官職。
【八】側目。疾視すること。
【九】謝秩。任期滿ちて退くこと。
【一〇】閒適。閑居なり。

(495)

李景亮撰「人虎伝」

国民文庫刊行会編

『国訳漢文大成 文学部第12巻 晋唐小説』

1920(大正9)年12月、国民文庫刊行会

前肢《まえあし》を行儀よく揃へて横たはり、眼を細くしてゐた。眠つてゐるのではないらしいが、側に近づいた私の方には一顧《いっこ》だに呉れようとしない。（略）私が此処《ここ》に佇んでゐた小一時間の間、この獣は私に一瞥《いちべつ》さへ与へなかつたのだ。私は侮辱を受けたやうな気がして、最後に、獣の唸るやうな声を立てて、彼の注意を惹かうと試みた。併《しか》し無駄だつた。彼は、その細く閉ぢた目をあけようとさへしなかつた。

ここでは虎は、人間に媚びず、中学生など相手にしない自尊心の高い動物というイメージで語られています。月の描写は「山月記」では印象的です。「人虎伝」には一回も出て来ませんが、「残月の光をたよりに」、「時に、残月、光冷やかに」、「白く光を失つた月を仰いで」とあり、「己は昨夕も、彼処《あそこ》で月に向つて咆えた」という表現も数えれば、四回出てきます。李徴の独白の合間に風景描写を挟むことで、時間の経過を知らせるとともに、場面を印象深くさせています。特に最後の「白く光を失つた月を仰いで」という描写は叙情的でもあり、小説の感銘を深めています。

中島敦は他の作品でも月に言及し、冴えた描写を見せています。たとえば、「虎狩」には次のような箇所があります。

私は身仕舞をして、そつと天幕《テント》を出て見た。外は思ひがけなく真白な月夜だつた。さうしてテントから二間《けん》ほど離れた所に、月に照らされた真白な砂原の上に、ポツンと黒く、小さな犬か何かのやうに一人の少年がしやがんだまま、じつと顔を俯《ふ》せて動かないでゐる。銃は側の砂の上に倒れ、その剣尖《けんさき》がきら〳〵と月に光つてゐた。（略）十八九日あたりの月がラグビイの球に似た恰好をして寒空に冴えてゐた。

ロバート・ルイス・スティーブンソンのサモアでの晩年を描いた「光と風と夢」にも次のような箇所があります。

雲に近く、細い上弦の月が上つてゐる。月の西の尖《とが》りの直ぐ上に、月と殆《ほとん》ど同じ明るさに光る星を見た。黒み行く下界の森では、鳥共の疳《かん》高い夕べの合唱。

八時頃見たら、月は先刻より大分明るく、星は今度は月の下に廻つてゐた。明るさは依然同じくらゐ。

中島敦は、月、あるいは星（特にシリウス、中国名では天狼星）に関心があり、小説によく描いています。

◇自嘲癖

「山月記」の李徴には自嘲癖があったとされていますが、「人虎伝」にはそのような記述はありません。敦自身は、三十一歳の誕生日に自嘲の詩を書いています（訓読は村田秀明氏による）。

　五月五日自晒戯作　（五月五日　自ら晒《わら》ひて戯《たはむ》れに作る）
行年三十一　狂生迎誕辰　（行年《かうねん》三十一　狂生誕辰《たんしん》を迎ふ）
木強嗤世事　狷介不交人　（木強《ぼくきやう》にして世事を嗤《わら》ひ　狷介にして人と交らず）
種花窮措大　書蠹病痩身　（花を種《う》うる窮措大《きゆうそだい》　書の蠹《と》たる病痩身《びやうそうしん》）
不識天公意　何時免赤貧　（識《し》らず天公の意　何《いづ》れの時か赤貧を免《まぬか》るる）

自分は、俗世間を笑い、狷介にして人と交わらず、花を植えて貧乏生活をし、本を読みふけり、病気で痩せている、天は何時になったら赤貧を免れさせてくれるのだろうか、という内容の詩です。

二、「山月記」をどう読むか

教科書に採用されると、作品自体の研究とともに、教室で実際にどう教えるかということが研究されるようになります。これまで多く論文が書かれていますが、たとえば、群馬大学教育学部国語教育講座編『「山月記」を読む』（二〇〇二・一、三省堂）は、教育現場での「山月記」の取り上げ方を論じています。また、佐野幹は『「山月記」はなぜ国民教材となったのか』（二〇〇三・八、大修館書店）で、これまでの教材としての扱われ方を論じています。

さて、「山月記」はこれまでどういう観点から読まれてきたでしょうか？　四つに整理して見てみましょう。

◇李徴と中島敦

戦後、タカ夫人は「「山月記」を読んで、まるで中島の声が聞こえる様で、悲しく思ひました」（「お礼に代へて」、『中島敦全集1』付録「ツシタラ4」一九六〇、文治堂書店）と回想していますが、「山月記」には中島敦の実生活に対応していると思われるところがあります。たとえば、李徴は詩人を志しても「文名は容易に揚ら」なかったとありますが、敦は「虎狩」という小説を雑誌の懸賞に応募して三度落選したことがあります。また、「妻

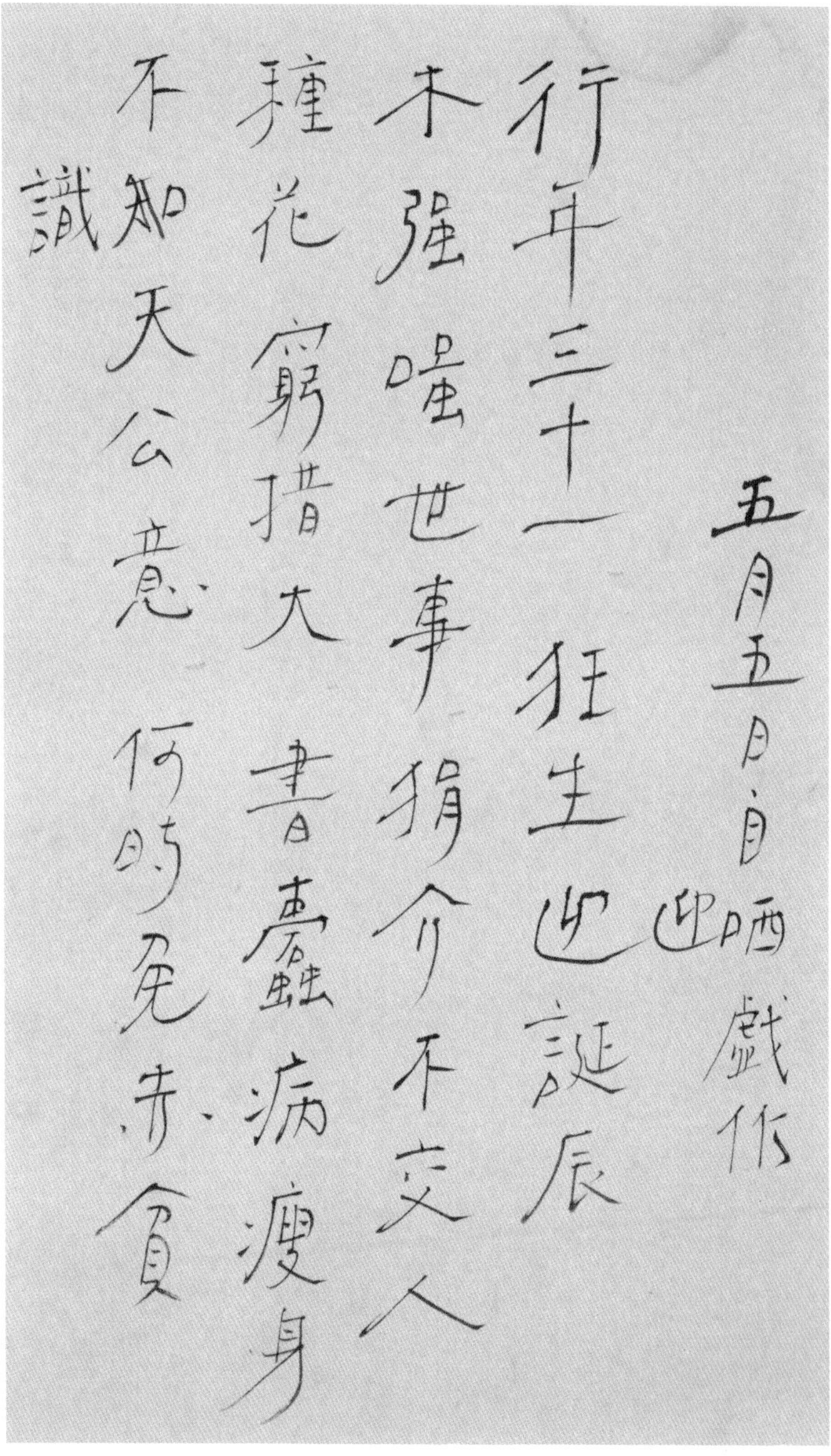
五月五日自哂戯作
行年三十一狂生迎誕辰
木強嗤世事狷介不交人
種花窮措大書蠹病痩身
不知天公意何時免赤貧
識

中島敦 漢詩「五月五日自哂戯作」

県立神奈川近代文学館所蔵

子の衣食のために遂に節を屈して、再び東へ赴き、一地方官吏の職を奉ずることになつた」とありますが、敦は横浜高等女学校の教員や南洋庁の役人になっています。さらに李徴には「自嘲癖」があったとありますが、先に見たように敦も自嘲の漢詩を作っていました。また、袁傪は「友人の少かつた李徴にとつては、最も親しい友であつた」とありますが、これは一高の同級生で独文学者の氷上英廣《ひかみひでひろ》を思わせます。「山月記」は、作家を志してもうまくいかない時期の中島敦の一面を李徴に重ねて書いたものとも読めるでしょう。

◇李徴はなぜ虎になったのか？

「山月記」には次のような箇所があります。

何故こんな運命になつたか判らぬと、先刻は言つたが、しかし、考へやうに依《よ》れば、思ひ当ることが全然ないでもない。（略）己《おれ》は詩によつて名を成さうと思ひながら、進んで師に就いたり、求めて詩友と交つて切磋琢磨に努めたりすることをしなかつた。

ここは、先生や友人との交流の欠如が原因だったと考えているというところです。

また、「飢ゑ凍えようとする妻子のことよりも、己《おのれ》の乏しい詩業の方を気にかけてゐる様な男だから、こんな獣に身を堕《おと》すのだ。」という言い方もあります。これは家族への思いやりの欠如が原因だったと考えているというところです。

こういう箇所を見ると、李徴自身は人間性が欠けていたから虎になったと考えているように思えます。

一方、李徴は虎になったことをどういう状態と考えているでしょうか？

己には最早《もはや》人間としての生活は出来ない。たとへ、今、己が頭の中で、どんな優れた詩を作ったにした所で、どういふ手段で発表できよう。まして、己の頭は日毎に虎に近づいて行く。どうすればいいのだ。己の空費された過去は？

李徴は虎になった状態を、詩人になりたいという夢が打ち砕かれた状態として捉えているようです。「なぜ虎になったか？」という問いは、「虎」をどういう状態の比喩と考えるかが問題です。

◇「（非常に微妙な点に於て）欠ける所」

袁傪は「成程《なるほど》、作者の素質が第一流に属するものであることは疑ひない。しかし、この儘《まま》では、第一流の作品となるのには、何処《どこ》か（非常に微妙な点に於て）欠ける所があるのではないか、と。」感じたとあります。これに対しては、人間性が欠けていた、素質はあったが、技術が欠けていた、詩の鬼になり切る強さが欠けていた等々の説が出され、様々な形で論議されてきましたが、いまだに決着を見ていません。そもそも、小説内からは読み取れないという立場もあります。はっきり書かれていないだけに、読者の想像力がかきたてられます。

◇小説のテーマ

この小説は、「何かになろうと思ったら、孤立して頑張るのではなく、師に就いたり、友人と切磋琢磨したり、家族を大事にしたりすることが大事」という教訓がテーマと考えることもできるでしょう。一方、志が挫折した時のやり場のない気持ちとか、どうにもならない嘆きとかを書くことがテーマと考えることもできるでしょう。李徴は「この胸を灼《や》く悲しみを誰かに訴へたいのだ」と言っています。

詩人になりたいという願いが挫折して、自嘲したり、反省したり、泣いたり、自分が一番辛いのだと言ったりする李徴の姿は、「詩人」を何か別のものに置き換えてみれば、誰にでも当てはまる普遍性を持っているように思います。挫折した時の気持ちを硬い漢語の響きを使って、格調高く書いたところにこの小説の魅力があるのではないでしょうか。

三、人間・中島敦

中島敦と言えば、漢語の多い硬い文章を書く人、という印象があり、人柄も真面目で気難しそうに見えますが、それだけではありません。人間・中島敦の様々な顔を七つの面から紹介しましょう。

◇漢学の家系

敦の祖父は中島撫山《ぶざん》という漢学者です。江戸の終わり頃に埼玉の久喜に幸魂《こうこん》教舎という漢学塾を開き、地域の教育に貢献しました。撫山の息子には漢学者も多く、甲骨文字の研究家の中島竦《しょう》之助（号は玉振）、明倫館の校長となった端蔵《たんぞう》（号は斗南）、清の皇帝溥儀《ふぎ》の通訳をつとめた比多吉《ひたき》などがいます。敦の父親・田人《たびと》は中学の漢文の教師で、京城や大連でも教えたことがあります。ちなみに、敦の妹澄子の息子（敦の甥）は折原一《いち》という推理小説作家です。

◇三人の母親

敦の生母・岡崎チヨは小学校の教員で、田人と結婚した翌年、敦を生みますが、すぐに離婚しました。敦はその後二歳三か月まで生母の元で暮らしますが、その後、父親に引き取られます。田人は、敦五歳の時、紺家カツと結婚しましたが、敦と継母の折り合いは悪かったようです。敦十四歳の時にカツは妹澄子を生んで亡くなります。その翌年、田人は飯尾コウと結婚しますが、敦はこの継母とも折り合いが悪かったようです。コウは敦二十七歳の時に亡くなります。敦は母親の愛情に恵まれず、母なるものを求める気持ちは強かったと言えるでしょう。

◇筆まめな人

敦はタカ夫人、息子、友人たちにしばしば手紙を書いています。特に南洋庁に赴任していた時期（一九四一〜四二年）には、毎日のように絵はがきや書簡を書き送っています。南洋からの手紙には愛情あふれる父親としての素顔が見られます。

◇古今東西の幅広い教養

敦は中国古典に取材した作品以外にも、教養を生かした作品を書いています。芥川賞候補にもなった「光と風と夢」はイギリスの作家、R・L・スティーブンソンを主人公にした作品です。スティーブンソンは、「ジキル博

中島敦　継母・カツ、父・田人、従兄・盛彦と　1918（大正7）〜1920（大正9）年

すべて県立神奈川近代文学館写真提供

一高入学の年　1926（大正15）年7月

生後9か月　1910（明治43）年2月

横浜高等女学校クラス会にて　1942（昭和17）年7月頃

士とハイド氏」や「宝島」で有名ですが、晩年をサモアで過ごしました。サモアは当時、独・英・米が覇権を争う植民地で、スティーブンソンは白人の横暴に怒り、サモア人の味方になりますが、自らの無力を思い知らされます。『光と風と夢』は物語作家が植民地問題にどのように関われるかを問うた作品です。その他に、アッシリアの楔形《くさびがた》文字の話を書いた「文字禍」、エジプトのミイラの話を書いた「木乃伊《みいら》」などもあります。

◇厳しかったが人気のあった先生

敦は大学卒業後、横浜高等女学校の教師となり、主に国語と英語を教えました。教え子の回想によると、文字にはうるさく、誤字があるといい点がもらえなかったそうですが、大変人気があり、敦の授業の時だけ教壇にバラの花を飾ったというエピソードも残っています。「かめれおん日記」には敦の教師生活の一端が自嘲的に書かれています。

◇病弱な身体

敦は小学校の頃から身体が弱いことを心配されていました。三十二歳の時の記録では、身長一五九センチ、体重四五キロでした。最後に命を奪うことになったぜんそくは、十九歳の頃から始まっていて、南洋に行くことを考えたのは、ぜんそくの発作から逃れるためでもありました。しかし、体調の良い時は旅行に出かけ、登山などにも積極的に行っています。

◇多彩な趣味

敦は将棋、相撲、クラシック音楽などが好きでした。その他、自宅の庭に草花を植えたり、それを絵に描いたりしています。幕末の天才将棋棋士、天野宗歩《そうふ》の全集を読んだりしていて、将棋は相当強かったようです。

四、中島敦の時代

中島敦が執筆活動をおこなったのは、一九二七（昭和二）年から、十五年戦争の末期です。敦は、同時代の文学にあまり関わっていないイメージがありますが、そういうわけではありません。

大正末から流行した新感覚派やプロレタリア文学からの影響は、習作「巡査の居る風景――一九二三年の一つのスケッチ――」などに見られますし、習作「プウルの傍で」は、「意識の流れ」の手法を取り入れたものです。「巡査の居る風景」は、新感覚派的な表現で朝鮮人巡査の苦悩を描いているものですが、敦の体験にも基づいています。敦は、一九二〇（大正九）年九月、十一歳の時、京城（現・ソウル）に渡り、約六年間をそこで過ごしています。この間の体験は、植民地問題に対して関心を持つきっかけとなり、この他にも、京城を舞台にした「虎狩」を書いています。また、「光と風と夢」も植民地問題を扱った作品です。

パラオの南洋庁に赴任した時の体験から生まれた作品には「南島譚」「環礁――ミクロネシヤ巡島記抄」などがあります。他の作家たちと違って、敦は、パラオの文化を劣っているとは思いませんでした。また、日本の圧政を検閲に引っ掛からないように批判する「ナポレオン」などの作品を書いています。

一方、敦は当時の流行ではなかった耽美派にも関心を寄せていました。一九三二（昭和七）年に書いた卒業論文「耽美派の研究」では、特に谷崎潤一郎に強い関心を寄せて論じています。面白い物語というのもまた敦の書きたい文学でした。また、プロレタリア文学崩壊後の自意識過剰、不安の文学に重なる「かめれおん日記」や「狼疾記」という私小説風の作品もあります。

こうしてみますと、敦は、社会問題に関わる小説、耽美的な面白さを追求した物語、自意識過剰の自分を書く小説という三つのテーマを持って小説を書こうとしていたと言えるでしょう。

敦が帰国した頃は、戦争に協力する文学が多く書かれていました。そのような中で、敦は「弟子」「李陵・司馬遷」などで当時の忠君愛国の思想を相対化しようとする作品を書きました。支配的な価値を相対化する姿勢、明晰で端正な文章で書かれた中島敦の作品は際立った光を放っており、今日に至るまで人を惹きつけてやみません。

五、世界に羽ばたく中島敦

中島敦の没後、「山月記」をはじめ多くの作品が朗読され、翻訳され、演劇化され、漫画化され、楽しまれています。中でもやはり「山月記」は群を抜いて取り上げられる機会が多く、「山月記」そして中島敦の文学を世界の人々に広めていると言えます。「山月記」が人を惹きつけるのは、人が虎になって友に物語るというストーリーの面白さ、漢語の硬い響きを多用した文章の快さがあるからでしょう。

「山月記」の朗読は、野村万作が伴奏付きで読んだレコード『朗読　山月記　名人伝』（一九七五、風濤社）、江守徹が読んだ『新潮カセットブック　中島敦』（一九八八、新潮社、「山月記」「名人伝」「牛人」を収録）などが

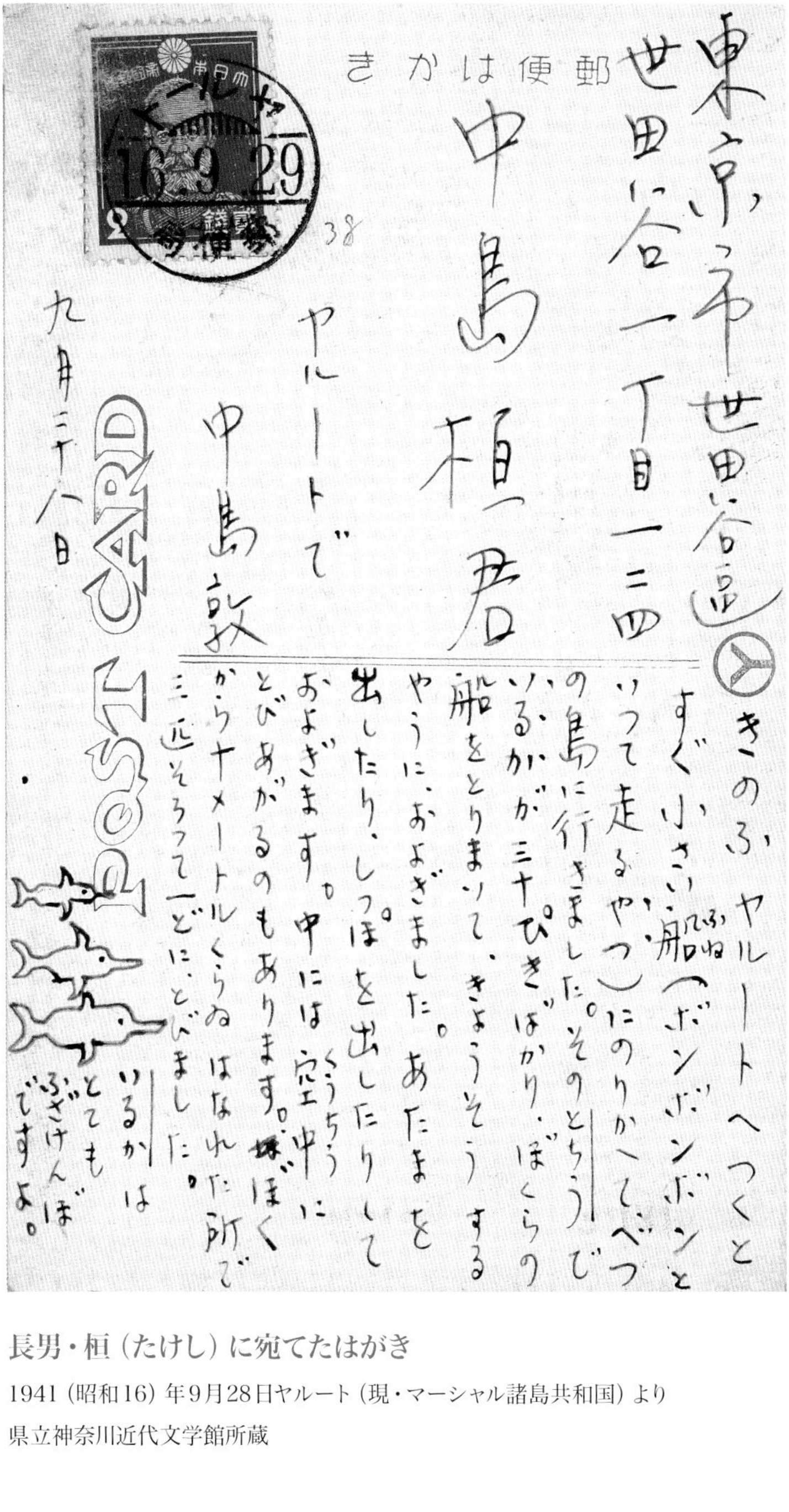

長男・桓（たけし）に宛てたはがき

1941（昭和16）年9月28日ヤルート（現・マーシャル諸島共和国）より

県立神奈川近代文学館所蔵

あります。後日談を創作したものとしては、柳広司『虎と月』（二〇一四、文藝春秋）、三木眞一郎、小西克幸の二人語りによるCD『山月記』（二〇一六、Beepa）などがあります。演劇化したものとしては、野村萬斎の演出・主演で世田谷パブリックシアターで二〇〇五年、二〇一五年に上演された『敦　山月記・名人伝』（二〇〇六年にDVD化）があります。

外国語に翻訳されたものには、以下のようなものがあります。

○　Ivan Morris 編、Edward Seidensticker 他訳『Modern Japanese stories : An Anthology』（一九六二 Charles E. Tuttle）。「山月記」が Tiger-Poet の題で収録。

○　宮本正男がエスペラントに訳した『La obstino』（一九六三、ピラート社、表題は「頑固」の意）。

○　Paul McCarthy and Nobuko Ochner 訳『The moon over the mountain, and other stories』（二〇一一 Autumn Hill Books）。

○　Véronique Perrin のフランス語訳『Histoire du poète qui fut changé en tigre』（二〇一〇 Éditions Allia）。表題は「虎になった詩人の物語」の意。同じ訳者で他に二冊出版。

○　『산월기』（二〇一六、文芸出版社）。表題は「山月記」。他の小説も収録。

このように敦の文学は「山月記」を中心に様々に紹介されています。他の作品も翻訳されたり、演劇化されたりしていますので、これからさらに世界に広がっていくことでしょう。

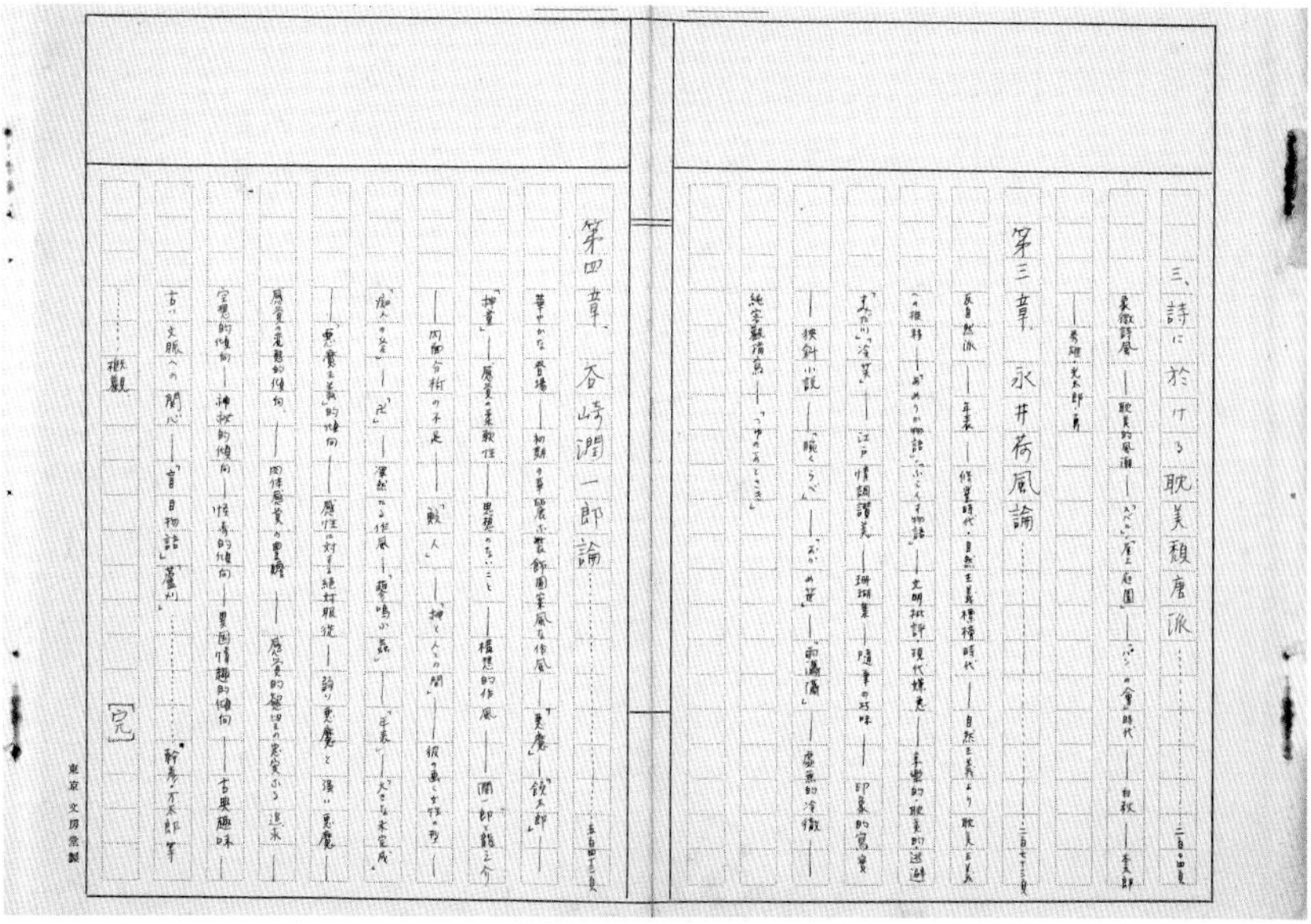
三、詩に於ける耽美頽唐派

第三章　永井荷風論

第四章　谷崎潤一郎論

概観

完

中島敦卒業論文「耽美派の研究」原稿　県立神奈川近代文学館所蔵

原稿用紙420枚の長大な論文で、1932（昭和7）年12月末に完成しました。

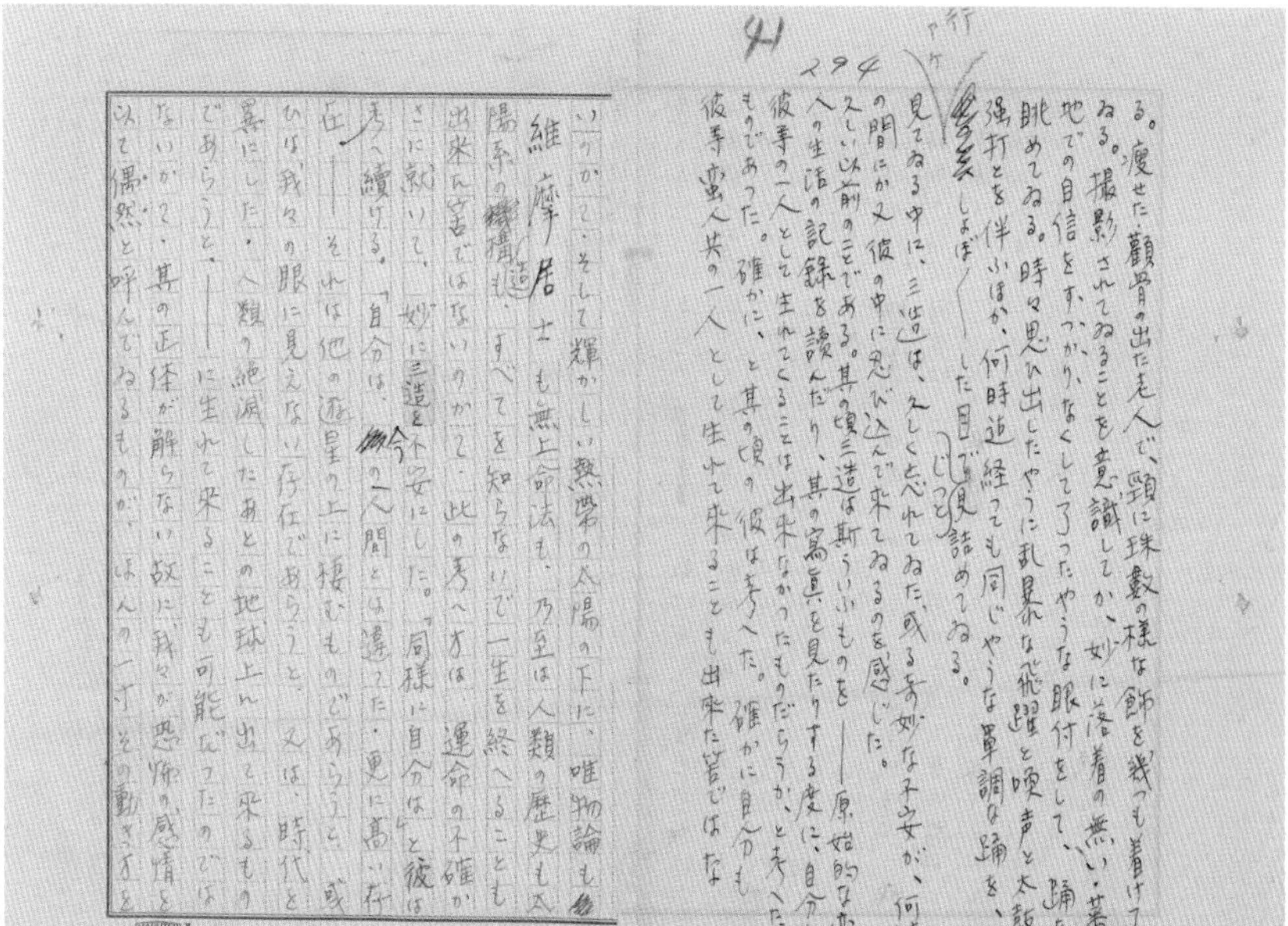
る。痩せた顴骨の出た老人で、頸に珠數の様な飾を幾つも着けてゐる。撮影されてゐることを意識してか、妙に落着の無い・蕃地での自信をすつかりなくして了つたやうな眼付をして、踊を眺めてゐる。時々思ひ出したやうに乱暴な飛躍と喚声と太鼓の強打とを伴ふほか、何時迄経つても同じやうな單調な踊を、しよぼしよぼした目でじつと見詰めてゐる。

見てゐる中に、三造は、久しく忘れてゐた或る奇妙な不安が、何時の間にか又彼の中に忍び込んで來てゐるのを感じた。――原始的な蛮人の生活の記録を讀んだり、其の寫眞を見たりする度に、自分も彼等の一人として生れてくることは出來なかつたものだらうか、と考へたものであつた。確かに、と其の頃の彼は考へた。確かに自分も彼等蛮人共の一人として生れて來ることも出來た筈ではないか。そして輝かしい熱帯の太陽の下に、唯物論も維摩居士も無上命法も、すべてを知らないで一生を終へることも出來た筈ではないか。此の考へは運命の不確かさに就いて、妙に三造を不安にした。同様に自分は彼等へ續ける。「自分は、今の人間とは違つた・更に高い存在――それは他の遊星の上に棲むものであらうと、或ひは我々の眼に見えない存在であらうと、又は、時代を異にした・人類の絶滅したあとの地球上に出て來るものであらうと、――に生れて來ることも可能だつたのではないか。其の正体が解らない故に我々が恐怖の感情を以て偶然と呼んでゐるものが、ほんの一寸その動き方を

中島敦「狼疾記」原稿　県立神奈川近代文学館所蔵

第三章　森鷗外「舞姫」

須田　喜代次

「舞姫」は、一八九〇（明治二三）年一月、森鷗外最初の創作小説として、雑誌「国民之友」に発表された作品です。二〇二〇年現在、発表から百三十年もの時間が経過したことになります。

その「舞姫」が、高等学校「国語」科の教材として取り上げられ、最初に教科書に載ったのは、一九五七（昭和三二）年のことです。それは教育出版から刊行された『標準高等国語（甲）総合編2』という教科書で、その時は抄録でしたが、翌一九五八年『国語三 総合』（筑摩書房）において、初めて作品全文が収録されました。以後六十年以上にわたって、「石炭をば早や積み果てつ」という印象的な一文で始まるこの「舞姫」は、高等学校「国語」科の定番教材としての位置を保ち続けています。高校生にとって必ずしも読みやすい文体であるとは言えないにもかかわらず、その時々の若者に、この作品は貴重なメッセージを「教科書」という媒体を通じて送り続けてきたことになります。では、その「舞姫」という作品が〈今、ここ〉に生きる私たち（特に若い世代の人たち）に問いかけてくるものは何なのでしょうか。

「舞姫」という作品世界にしっかり向き合うために、その深淵に降り立つために、現存する「舞姫」草稿の問題、発表当初からの作品享受のありよう、作品に登場する太田豊太郎や相沢謙吉たちが生きた時間、そして彼らが歩いたベルリンという空間、さらには近年判明したElise Wiegert（エリーゼ・ヴィーゲルト）のことなど、様々な角度から光線を当ててみましょう。

留学生時代の森鷗外

そこに何が見えてくるか。何が浮かび上がってくるか。作品発表から百三十年経った「今」、これらの光線によって、作品に新たな息吹を吹き込むことができたら幸いです。

一、「舞姫」の〈時間〉――〈今・ここ〉に問いかけるもの――

明治廿一年の冬は来にけり。

物語の急展開の始まりを告げるかのように、主人公・太田豊太郎が生きた時間は、作品中に明確に示されています。その時彼の元に届いた旧友・相沢謙吉からの一通の手紙に誘われるようにして、天方大臣に急接近する豊太郎。大臣のロシア行に同行した彼は、翌一八八九（明治二二）年の「新年の旦」（元旦）にエリスが待つドイ

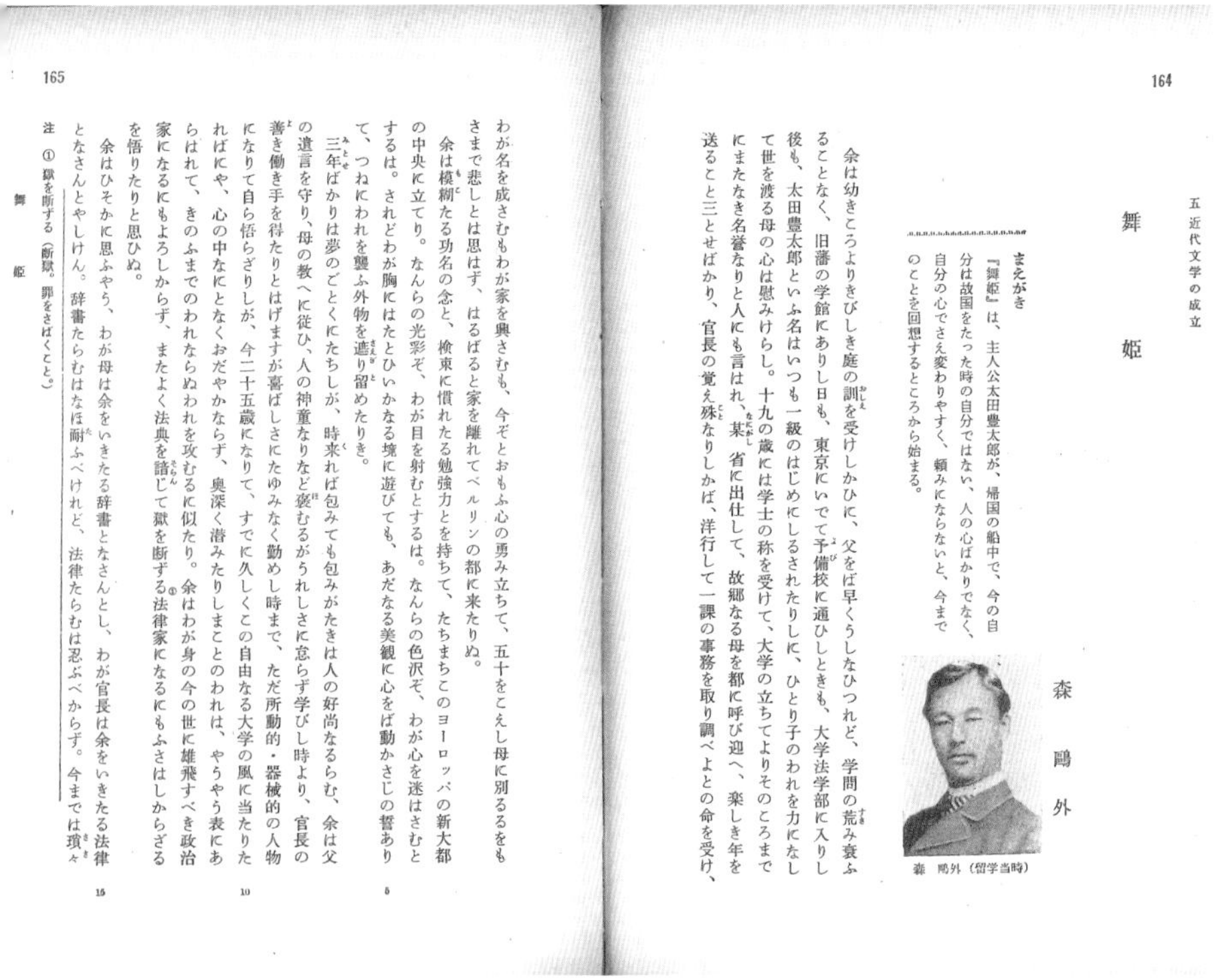

舞姫

森鷗外

まえがき

『舞姫』は、主人公太田豊太郎が、帰国の船中で、今の自分は故国をたった時の自分ではない、人の心ばかりでなく、自分の心でさえ変わりやすく、頼みにならないと、今までのことを回想するところから始まる。

森鷗外（留学当時）

余は幼きころよりきびしき庭の訓《おしえ》を受けしかひに、父をば早くうしなひつれど、学問の荒《すさ》み衰ふることなく、旧藩の学館にありし日も、東京にいでて予備《よび》校に通ひしときも、大学法学部に入りし後も、太田豊太郎といふ名はいつも一級のはじめにしるされたりしに、ひとり子のわれを力になして世を渡る母の心は慰みけらし。十九の歳には学士の称を受けて、大学の立ちてよりそのころまでにまたなき名誉なりと人にも言はれ、某《なにがし》省に出仕して、故郷なる母を都に呼び迎へ、楽しき年を送ること三とせばかり、官長の覚え殊《こと》なりしかば、洋行して一課の事務を取り調べよとの命を受け、わが名を成さむもわが家を興さむも、今ぞとおもふ心の勇み立ちて、五十をこえし母に別るるをもさまで悲しとは思はず、はるばると家を離れてベルリンの都に来たりぬ。

余は模糊《もこ》たる功名の念と、検束に慣れたる勉強力とを持ちて、たちまちこのヨーロッパの新大都の中央に立てり。なんらの光彩ぞ、わが目を射むとするは。なんらの色沢ぞ、わが心を迷はさむとするは。されどわが胸にはたとひいかなる境に遊びても、あだなる美観に心をば動かさじの誓ありて、つねにわれを襲ふ外物を遮《さえぎ》り留《と》めたりき。

三年《みとせ》ばかりは夢のごとくにたちしが、時来《く》れば包みても包みがたきは人の好尚なるらむ、余は父の遺言を守り、母の教へに従ひ、人の神童なりなど褒《ほ》むるがうれしさに怠らず学びし時より、官長の善《よ》き働き手を得たりとはげますが喜ばしさにたゆみなく勤めし時まで、ただ所動的・器械的の人物になりて自ら悟らざりしが、今二十五歳になりて、すでに久しくこの自由なる大学の風に当たりたればにや、心の中なにとなくおだやかならず、奥深く潜みたりしまことのわれは、やうやう表にあらはれて、きのふまでのわれならぬわれを攻むるに似たり。余はわが身の今の世に雄飛すべき政治家になるにもよろしからず、またよく法典を諳《そら》じて獄を断ずる①法律家になるにもふさはしからざるを悟りたりと思ひぬ。

余はひそかに思ふやう、わが母は余をいきたる辞書となさんとし、わが官長は余をいきたる法律となさんとやしけん。辞書たらむはなほ耐《た》ふべけれど、法律たらむは忍ぶべからず。今までは瑣々《さき》

注　①獄を断ずる（断獄。罪をさばくこと。）

池田亀鑑ほか編

『標準高等国語（甲）総合編２』

1957（昭和32）年5月、教育出版

教科書図書館蔵

作品冒頭部分が削除されています。

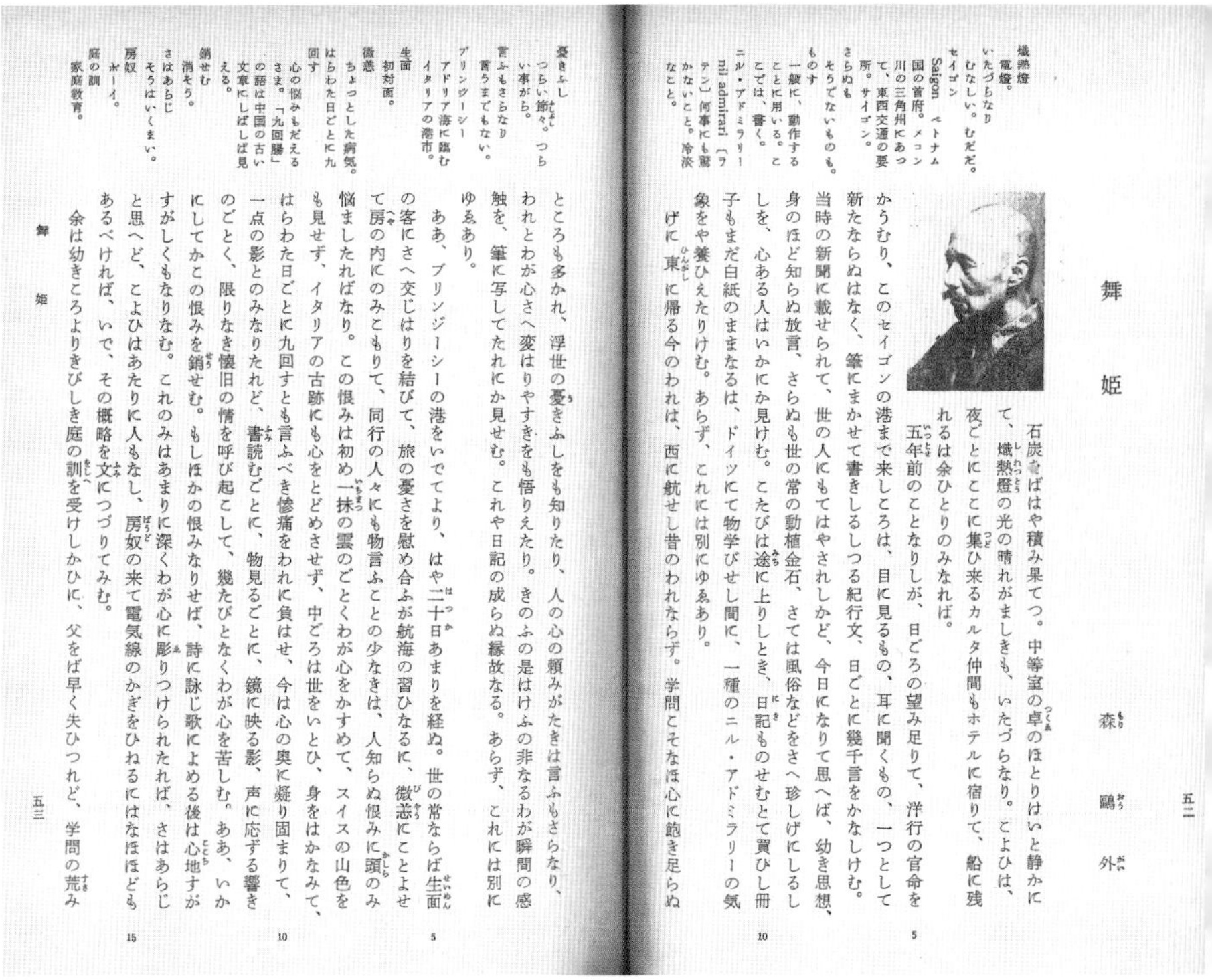
熾熱燈
電燈。
いたづらなり
むなしい。むだだ。
セイゴン
Saigon　ベトナム国の首府。メコン川の三角州にあって、東西交通の要所。サイゴン。
さらぬも
そうでないものも。
ものす
一般に、動作することに用いる。ここでは、書く。
ニル・アドミラリー
nil admirari〔ラテン〕何事にも驚かないこと。冷淡なこと。

舞姫

森《もり》 鷗《おう》 外《がい》

石炭をばはや積み果てつ。中等室の卓《つくゑ》のほとりはいと静かにて、熾熱燈《しねつとう》の光の晴れがましきも、いたづらなり。こよひは、夜ごとにここに集《つど》ひ来るカルタ仲間もホテルに宿りて、船に残れるは余ひとりのみなれば。

五年《いつとせ》前のことなりしが、日ごろの望み足りて、洋行の官命をかうむり、このセイゴンの港まで来しころは、目に見るもの、耳に聞くもの、一つとして新たならぬはなく、筆にまかせて書きしるしつる紀行文、日ごとに幾千言をかなしけむ。当時の新聞に載せられて、世の人にもてはやされしかど、今日になりて思へば、幼き思想、身のほど知らぬ放言、さらぬも世の常の動植金石、さては風俗などをさへ珍しげにしるししを、心ある人はいかにか見けむ。こたびは途《みち》に上りしとき、日記《にき》ものせむとて買ひし冊子もまだ白紙のままなるは、ドイツにて物学びせし間に、一種のニル・アドミラリーの気象をや養ひえたりけむ。あらず、これには別にゆゑあり。

げに東《ひんがし》に帰る今のわれは、西に航せし昔のわれならず。学問こそなほ心に飽き足らぬ

五二

憂きふし
つらい節々《ふしぶし》。つらい事がら。
言ふもさらなり
言うまでもない。
ブリンジーシー
アドリア海に臨むイタリアの港市。
生面
初対面。
微恙
ちょっとした病気。
はらわた日ごとに九回す
心の悩みもだえるさま。「九回腸」の語は中国の古い文章にしばしば見える。
銷せむ
消そう。
さはあらじ
そうはいくまい。
房奴
ボーイ。
庭の訓
家庭教育。

ところも多かれ、浮世の憂《う》きふしをも知りたり、人の心の頼みがたきは言ふもさらなり、われとわが心さへ変はりやすきをも悟りえたり。きのふの是はけふの非なるわが瞬間の感触を、筆に写してたれにか見せむ。これや日記の成らぬ縁故なる。あらず、これには別にゆゑあり。

ああ、ブリンジーシーの港をいでてより、はや二十日《はつか》あまりを経ぬ。世の常ならば生面《せいめん》の客にさへ交じはりを結びて、旅の憂さを慰め合ふが航海の習ひなるに、微恙《びやう》にことよせて房《へや》の内にのみこもりて、同行の人々にも物言ふことの少なきは、人知らぬ恨みに頭《かしら》のみ悩ましたればなり。この恨みは初め一抹《いちまつ》の雲のごとくわが心をかすめて、スイスの山色をも見せず、イタリアの古跡にも心をとどめさせず、中ごろは世をいとひ、身をはかなみて、はらわた日ごとに九回すとも言ふべき惨痛をわれに負はせ、今は心の奥に凝り固まりて、一点の影とのみなりたれど、書《ふみ》読むごとに、物見るごとに、鏡に映る影、声に応ずる響きのごとく、限りなき懐旧の情を呼び起こして、幾たびとなくわが心を苦しむ。ああ、いかにしてかこの恨みを銷《せう》せむ。もしほかの恨みなりせば、詩に詠じ歌によめる後は心地《ここち》すがすがしくもなりなむ。これのみはあまりに深くわが心に彫《ゑ》りつけられたれば、さはあらじと思へど、こよひはあたりに人もなし、房奴《ばうど》の来て電気線のかぎをひねるにはなほほどもあるべければ、いで、その概略を文《ふみ》につづりてみむ。

余は幼きころよりきびしき庭の訓《をしへ》を受けしかひに、父をば早く失ひつれど、学問の荒《すさ》み

舞姫　五三

西尾実ほか編

『国語三　総合』

1958（昭和33）年11月、筑摩書房

教科書図書館蔵

ほぼ現行教科書のスタイルが整いました。

ツ・ベルリンの住まいに帰って来ます。そして小説は終結に向かって一気に加速し、エリスの発病、豊太郎の帰国が語られます。

という物語を、読者が初めて目にしたのは、一八九〇（明治二三）年一月三日発行の「国民之友」誌上でした。つまり読者がこの作品を享受するのは、豊太郎の帰国から一年も経っていない時点だったわけです。東京の街を散策すれば、太田豊太郎とすれ違うかもしれない、虚構の作品世界と現実の読者が生きる時空間とは、それほどに近い、その意味で「舞姫」は紛れもなく、正真正銘の〈現代小説〉でした。

ではここで豊太郎帰国当時の日本の状況に目を向けてみましょう。まず大きな出来事として、豊太郎が帰国する一八八九年、その二月一一日に大日本帝国憲法が発布されます。翌一八九〇年には、七月の第一回総選挙を経て、一一月に第一回帝国議会が開催されます。そうした状況を踏まえ、作品「舞姫」の年立てについて、かつて三好行雄氏が次のように述べていました。

法学部を卒業したわかい官吏が選ばれてドイツに留学し、ベルリン大学で法律を学ぶという小説の設定から、明治二三年の読者はおそらくすぐに、この年に予定されていた国会開設や前年の、ドイツのプロイセン憲法に範をとった帝国憲法の公布を想起したはずである。（略）当時の日本は、近代国家としての法制の整備を急いでいた。太田豊太郎に託された〈洋行して一課の事務を取調べよ〉との使命もこれと無関係ではない。豊太郎は法治国家の建設という、いわば国家の命運にかかわる仕事に参加していたのである。明治二一、三年の時代状況のなかで、「舞姫」という作品が明らかにする〈流行〉としての意味を無視するのは危険である。

（「「舞姫」のモチーフ」『三好行雄著作集 第二巻 森鷗外・夏目漱石』筑摩書房、一九九三・四）

後の鷗外作品の題名を借りれば、まさに日本という国家が「普請中」であった時期に、その「普請」に一役買うことを期待された「某省」の若き優秀な官吏である太田豊太郎という青年が、国家という他者から自身に期待された「生」とは違う〈わたくし〉の「生」を生きようと彷徨《さまよ》う。

その軌跡をたどることは、同時代の読者のみならず、百三十年後の〈今・ここ〉に生きる私たちに様々な問題を問いかけてくるはずです。

二、「舞姫」執筆とその背景――〈容れもの〉としての「国民之友」、『美奈和集』――

現存する「舞姫」の原稿を見ると、実に端正な筆遣いで書かれていることがわかります。この原稿は、発表前に、まず森家の人々を前に鷗外実弟・篤次郎によって朗読されたということが、実妹・小金井喜美子の証言に残されています。

「石炭ははや積み果てつ中等室の卓のほとりはいと静にて熾熱灯の光の晴れがましきもやくなし。」中音に読み初めたのを、誰も誰も熱心に聞いて居ました。だんだん進む中、読む人も情に迫つて涙声になります。聞いてゐる人達も、皆それぞれ思ふ事はちがつても、記憶が新らしいのと、其文章に魅せられて鼻を頻にかみました。「嗚呼相沢謙吉の如き良友は世に又得難かるべし、されど我が脳裡に一点の彼を憎む心は今日までも残れりけり」。読み終つた時は、誰も誰もほつと溜息をつきました。暫く沈黙の続いた後、「ほんとによく

森鷗外「舞姫」草稿（複製）　『舞姫草稾《そうこう》森鷗外自筆』（一九六〇年、私家版）より

69頁最終行「我がかへる…」以下70頁7行目「…これは別に故あり」までの一段落は、初出の「国民之友」本文にはありますが、『美奈和集（水沫集）』以降の本文では削除されています。

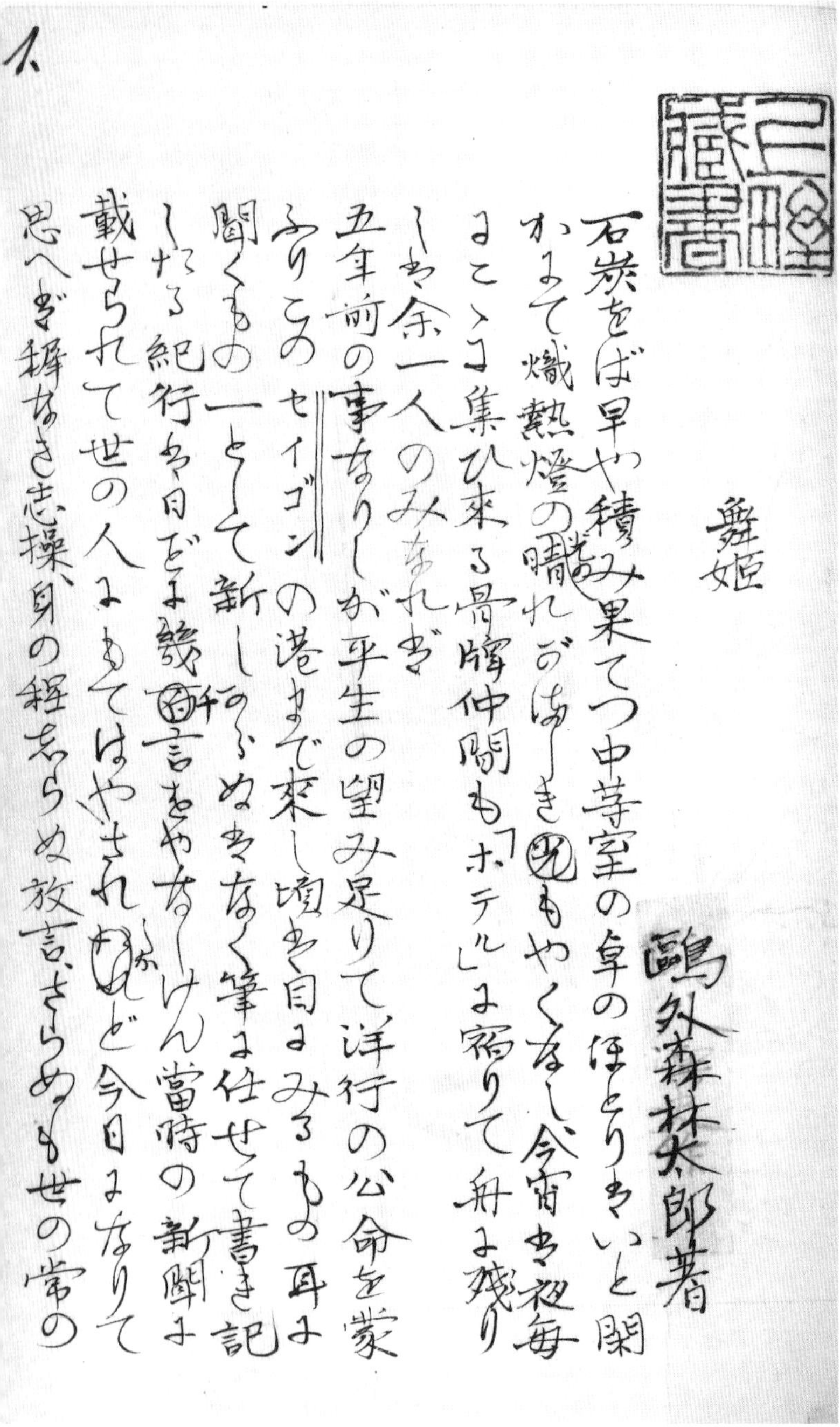
1

舞姫

鷗外森林太郎著

石炭をば早や積み果てつ中等室の卓のほとりはいと閑かにて熾熱燈の光の晴れがましきもやくなし今宵は夜毎にこゝに集ひ来る骨牌仲間も「ホテル」に宿りて舟に残りしは余一人のみなれば

五年前の事なりしが平生の望み足りて洋行の公命を蒙りこのセイゴンの港まで来し頃は目に見るもの耳に聞くもの一として新しからぬはなく筆に任せて書き記したる紀行文日ごとに幾千言をかなしけん当時の新聞に載せられて世の人にもてはやされしかど今日になりて思へば穉なき志操、身の程知らぬ放言、さらぬも世の常の

動植、あらゆる民俗などをさへ珍らしげに細叙したるを心
あゝ人も奈に見しやらんこたびは途に上りしとき日記ものせ
んとて買ひし冊子もまだ白紙のまゝなるも獨逸に學び
し間に一種の「ニル、アドミラリ」の氣象をや養成しけん、
否、これにも別に故あり
げに東に還る今の我れは西に航せし昔の我ならず學問こ
そ猶ほ心に飽き足らぬところも多かれ浮世のうきふし
をも知りたり人の心の頼み難きはいふも更なりわれと
わが心さへ変り易きをも悟り得たりきのふの是はけふ
の非なるわが瞬時の感觸を筆に寫して誰にか見せむこ
れや日記の成らぬ縁故なる、否、これにも別に故あり
我がおもへる故郷も外交のいとぐち開くる乱れてなれせず一行

原資料：学校法人跡見学園蔵

2.

の主なる天方伯も國事に心を痛めたまふ事の一かたな
らぬが色に出でゝ見ゆる程なれど随行員となりて帰る
こが身にさへ心苦しきを弄ばなくて筆の走りを留めめ
やする又た海外にてゆくりなく伯に受けたる信用のな
み／＼ならず深き學識才幹人に勝れたりと思ふ所も
なき身の行末いかにと思ひ煩ひて文つゞる障りとなる
まや、否これならぬ別に故あり
嗚呼、ブリンドイージーの港を出でゝより早や二十日餘
りを經ぬ世の常ならば生面の客にさへ交を結びて旅の
憂さを慰めあふが航海の習ひなるに微恙にことよせて「かぜ」
の裡にのみ籠りて同行の人々にも物いふ事の少なきも
人知らぬ恨みにのみ悩ましたればなりこの遺恨も

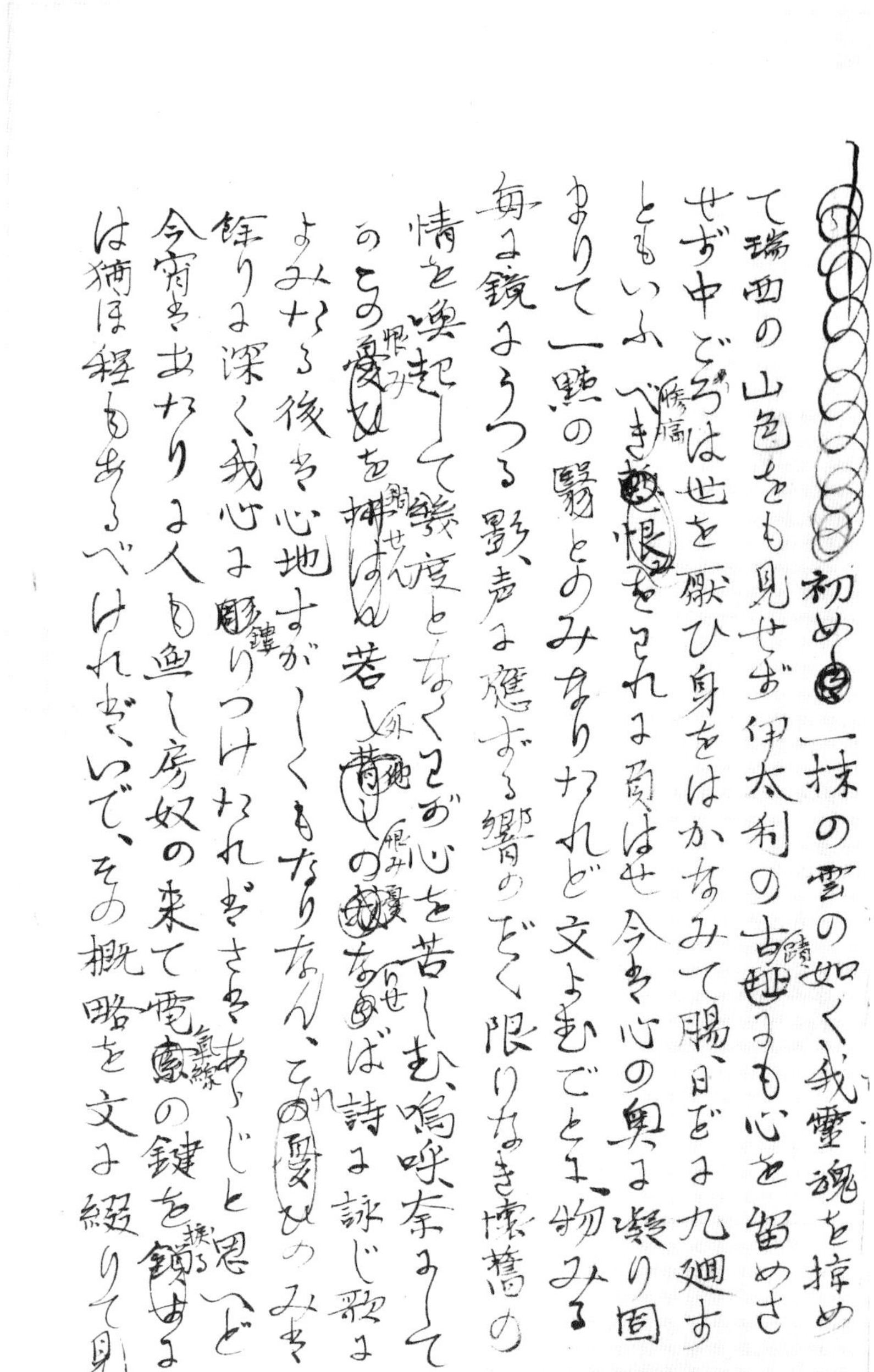
初めに 一抹の雲の如く我霊魂を掠め
て瑞西の山色をも見せず伊太利の古跡をも心を留めさ
せず中ごろは世を厭ひ身をはかなみて腸日ごとに九廻す
ともいふべき恨をされば今は心の奥に纏り固
まりて一点の翳とのみなりたれど文よむごとに物みる
毎に鏡にうつる影、声に應ずる響のごとく限りなき懐旧の
情を喚起して幾度となくさすが心を苦しむ、嗚呼奈にして
この憂を排はん若し昔しのをなせば詩に詠じ歌に
よみなる後も心地すがしくもなりなん、これの愛のみも
餘りに深く我心に彫りつけたればさきあらじと思へど
今宵もあたりに人も無し房奴の来て電燈の鍵を鎖せよ
は猶ほ程もあるべければいで、その概略を文に綴りて見む

原資料：学校法人跡見学園蔵

書けて居ますね」といひ出したのは私でした。（「森於菟に」「文学」一九三六・六）

そしてこの作品が発表されたのは、当時最大のジャーナリスト・徳富蘇峰（一八六三―一九五七）が主宰する雑誌「国民之友」でした。一八八六（明治一九）年一〇月、満二十三歳の若さで上梓した『将来之日本』（経済雑誌社）によって、蘇峰は一躍その名を高からしめることになります。

私達の少年時代に、青少年の心を捉へた先覚者は徳富蘇峰であつた。青年蘇峰の空想に浮ぶ「将来之日本」は、あの頃の青年の夢をそゝのかしたのであつた。今から見ると、たわいのない浅はかなものであつたであらうが、新興日本に希望を与へたのであらう。雑誌「国民之友」「国民新聞」それに、民友社出版の新刊書は、すべて私などに新しい世界を見せてくれたのであつた。（正宗白鳥「徳富蘇峰―明治の先覚者」「文藝春秋」一九五二・一〇）

この『将来之日本』第四版を、鷗外は所持していました（現在東京大学総合図書館鷗外文庫架蔵）。一八八八（明治二一）年一月四日に、篤次郎がわざわざ日本から当時鷗外が滞在していたドイツ・ベルリンに送ったからです（『日本からの手紙 日本近代文学館所蔵 滞独時代森鷗外宛 1886-1888』書簡番号「九九」。一九八三・四、日本近代文学館）。そして帰国後鷗外は、蘇峰が森田思軒・朝比奈知泉とともに起こした「文学会」に参加することになります。偶然にも、その「文学会」第一回会合が芝公園三緑亭で開催されたのが、まさに彼がドイツ留学から帰国した当日の一八八八年九月八日でした。

國民之友第六拾九號附録

（明治二十三年一月三日發兌）

第六十九號附錄　（一）

藻鹽草

舞姫

鷗外森林太郎著

石炭をば早や積み果てつ中等室の卓のほとりはいと閑かにて熾熱燈の光の晴れがましきもやくなし、今宵は夜毎にこゝに集ひ來る骨牌仲間も「ホテル」に宿りて舟に殘りしは余一人のみなれば

五年前の事なりしが平生の望み足りて洋行の公命を蒙ふりこのセイゴンの港まで來し頃は目にみるもの耳に聞くもの一として新しからぬはなく筆に任せて書き記したる紀行は日ごとに幾千言をやなしけん當時の新聞に載せられて世の人にもてはやされしかど今日になりて思へば穉なき志操、身の程しらぬ放言、さらぬも世の常の動植、または民俗などをさへ珍らしげに細敍したるを心ある人は奈に見しやらんこたびは途に上りしとき日記ものせんとて買ひし册子もまだ白紙のまゝなるは獨逸に學びし間に一種の「ニル、アドミラリー」の氣象をや養成しけん、否、これは別に故あり

げに東に還る今の我は西に航せし昔の我ならず學問こそ猶ほ心に飽き足らぬところも多かれ浮世のうきふし

藻鹽草　第六卷（四五）

森鷗外「舞姫」　「国民之友」1890（明治23）年1月3日　新年附録「藻塩草」

挿絵は、鷗外の友人であり、「うたかたの記」の主人公・巨勢のモデルとされる原田直次郎（1863-1899）です。

その蘇峰の手によって、「所謂る破壊的の時代漸く去りて建設的の時代将に来らんとし、東洋的の現象漸く去りて泰西的の現象将に来らんとし、旧日本の故老は去日の車に乗して漸く舞台を退き、新日本の青年は来日の馬に駕して漸く舞台に進まんとす。実に明治二〇年の今日は、我か社会か冥々の裏に一変せんとするものなりと云はさる可らす。来れ、来れ、改革の健児、改革の健児。」という高らかな宣言とともに、雑誌「国民之友」は一八八七（明治二〇）年二月一五日に産声を上げます。右の宣言にもうかがえるように、「新日本」の「国家」や「国民」に足場を組み、政治や社会に関する論考を毎号多く載せたのが、この雑誌でした。こうした〈容れもの〉に入れられて「舞姫」という作品が読者の元に届けられたということは十分注意しておきたいと思います。それはこの作品が、単なる恋愛小説ではなかったことに繋がる要素でもあると思うからです。

この「国民之友」という発表媒体への鷗外作品初登場は、第四六号（一八八九・四）掲載の「独逸文学の隆運」（後に『つき草』（一八九六・一二、春陽堂）収録に際し、修正を加え、「再び平仄に就きて」と改題）でした。これは「投書」欄に載ったものです。第五八号（一八八九・八）「藻塩草」欄には、井上通泰・小金井喜美子・市村瓚次郎・落合直文ら「新声社」（S.S.S.）同人との共同作業の成果である、翻訳詩集「於母影」も掲載され評判を呼びました。こうした初期鷗外の文学的営為の延長線上に、その第六八号（一八九〇・一）新年附録に登場したのが、「舞姫」であったのです。その原稿を直接鷗外の手から受け取った蘇峰は、後に次のように述べています。

記者は鷗外の手から、親しく『舞姫』の原稿を受取り、携へ還りて之を一読し、実に其の筆力の非凡なるを嗟嘆した。（『好書品題』一九二八・四、民友社）

宮廷《きうてい》録《ろく》事《じ》

○拝謁《はいえつ》 陸軍々医監《りくぐんぐんいかん》石黒忠悳氏《いしぐろちうとくし》、陸軍《りくぐん》二等監督《とうかんとく》野田《のだ》豁通氏《くわつつうし》陸軍一等軍医《りくぐんいつとうぐんい》森林太郎氏《もりりんたらうし》、陸軍砲兵大尉《りくぐんはうへいたいゐ》楠瀬《くすのせ》幸彦氏《ゆきひこし》、同伊地知幸介氏《どういぢちかうすけし》、正五位《しやうごゐ》子爵松平乗承氏は何《いづれ》れも欧洲《おうしう》より帰朝《きてう》に付《つき》昨《さく》廿七日午前《ごぜん》十時《じ》拝謁《はいえつ》仰《おほ》せ付《つけ》られたり

○謁見《えつけん》 在朝鮮国京城《ざいてうせんこくけいじやう》の代理《だいり》公使《こうし》近藤真鋤氏《こんどうますきし》は書記《しよき》生《せい》大石明氏《おほいしめいし》と随《したが》へ去《さ》る六日午後《ご》二時参内国王殿下《さんだいこくわうでんか》及《および》世子宮《せいしのみや》へ謁見《えつけん》を許《ゆる》され同日別殿《どうじつべつでん》に於《おい》て各国公使《かくこくこうし》一《いち》同宴《どうえん》を賜《たまは》りしが右《みぎ》は去《さ》る十五年京城《ねんけいじやう》の変《へん》に同国王妃《どうこくわうひ》が忠清道《ちうせいだう》より無事御帰殿《ぶじごきでん》あらせられたる当日《たうじつ》なるを以《もつ》て其祝賀《そのしゆくが》の為《た》めなりしと去《さ》る十七日附《づけ》を以《もつ》て在京《ざいけい》城公使館《じやうこうしくわん》より通報《つうはう》ありたり又常備小艦隊仁川碇泊中《またじやうびせうかんたいにんせんていはくちう》去《さ》る十一日午後《ご》五時《じ》司令官伊東海軍少将《しれいくわんいとうかいぐんせうしやう》は随員《ずゐゐん》と共《とも》に朝鮮国王並《てうせんこくわうならび》に世子両殿下《せいしりやうでんか》に拝謁《はいえつ》仰《おほ》せ付《つけ》られ終《をは》りて宮中《きうちう》に於《おい》て晩餐《ばんさん》を賜《たまは》り頗《すこぶ》る鄭重《ていちよう》の待遇《たいぐう》を受《う》けられたりといふ

○叙任○辞令

森鷗外の帰国に関する新聞記事　「読売新聞」1888（明治21）年9月28日

国民之友第五十八号

夏期附録

藻塩草

於母影

良夜

消夏漫筆

流転

於母影

目次

題	原作	訳法
いねよかし	英 バイロン	韻
月光	徳 列瑞	調
ミニヨン	徳 ギヨウテ	句
思郷	徳 我爾曼	意
笛の音	徳 シエツフエル	韻
あまをとめ	徳 ハイ子	意
花さうび	徳 ゲロアク	意
わかれかね	徳 ケルチル	意
鬼界島	平家物語	意
わが星	徳 ホフマン	意
あしの曲	徳 レナウ	句
オフエリヤ	英 シエクスピヤ	韻
あるとき	徳 フエルランド	句
マンフレツト	英 バイロン	句
曼弗列度	英 拝倫	調
野梅	明 高青邱	意
別離	徳 色弗謀	意

（意）従原作之意義者
（句）従原作之意義及字句者
（韻）従原作之意義及韻法者
（調）従原作之意義字句及平仄韻法者

於母影

陸奥のまの〻かや原とほけども
おもかけにして見ゆとふものを　萬葉集

岷峨天一方雲月在我側　東坡詩

第五十八號附録　（四五）　藻塩草　第五巻　（一八一）

S.S.S.（新声社）訳「於母影《おもかげ》」　「国民之友」1889（明治22）年8月　夏季付録「藻塩草」欄

表紙絵は原田直次郎、題字は「S.S.S.」のメンバーの一人、落合直文の手になります。

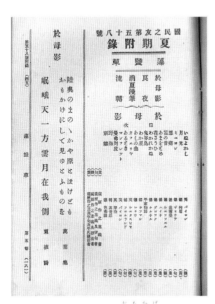

そしてこの作品が「国民之友」誌上に発表されて直ぐに、同時代の新進評論家であった石橋忍月（一八六五―一九二六）が、「気取半之丞」の名を以て、主人公・太田豊太郎の生き方を「意志薄弱」と批評しました（「舞姫」「国民之友」一八九〇・二）。これに対し鷗外は、「相沢謙吉」名で反論。以後両者の間で、後に「舞姫論争」と呼ばれることになる論争が交わされます。そこでは、作中人物の性格を倫理的に問う批評が展開されました。一つの小説をめぐって真剣な議論がわき起こる、そうしたダイナミックな受容がこの時代にはあったのです。

その後、「舞姫」は「うたかたの記」（「しがらみ草紙」一八九〇・八）、「文づかひ」（『新著百種』一八九一・一）と合わせて〈ドイツ三部作〉と呼ばれ、日本のロマン主義的な近代小説の起源として位置づけられるようになりました。この〈ドイツ三部作〉と十六篇の翻訳小説・翻訳戯曲、そして「於母影」を収録して、鷗外最初の作品集『美奈和集』（『水沫集』）は、一八九二（明治二五）年七月、春陽堂から刊行されます。以後『美奈和集』（『水沫集』）は長く版を重ね、鷗外没後の関東大震災によって一旦紙型を焼失した後にも、一九二六（大正一五）年九月三〇日、『縮刷　水沫集』（春陽堂）として新たに世に出されています。

三、都市空間から「舞姫」を読む――ベルリンという空間《トポス》――

余は模糊たる功名の念と、検束に慣れたる勉強力とを持ちて、忽ちこの欧羅巴《ヨーロッパ》の新大都の中央に立てり。何等の光彩ぞ、我目を射むとするは。何等の色沢ぞ、我心を迷はさむとするは。菩提樹下《ぼだいじゅ》と訳するときは、幽静なる境なるべく思はるれど、この大道髪《だいどう》の如きウンテル、デン、リンデンに来て両辺なる石だゝみの人

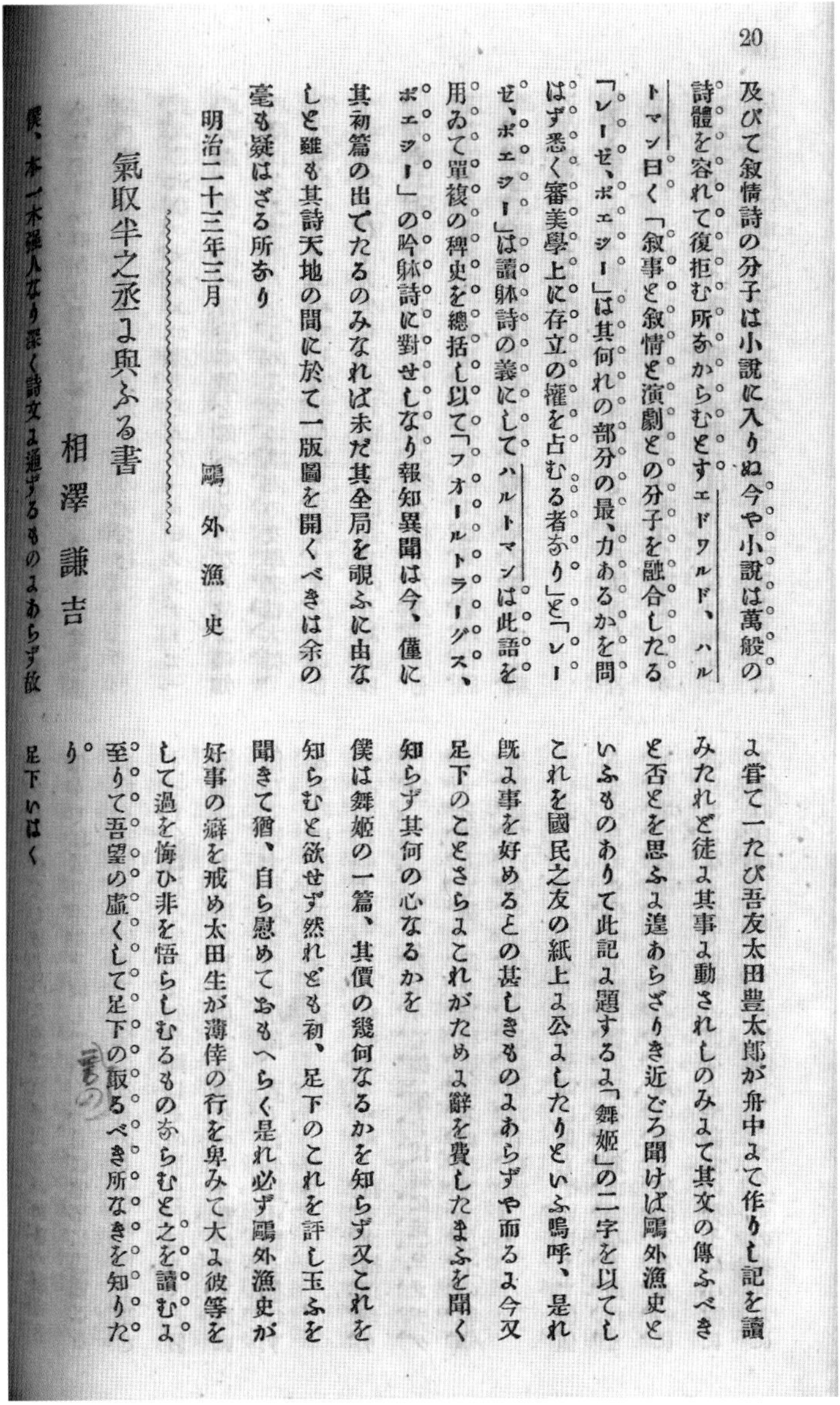

及びて叙情詩の分子は小説に入りぬ今や小説は萬般の詩體を容れて復拒む所なからむとすエドワルド、ハルトマン曰く「叙事と叙情と演劇との分子を融合したる「レーゼ、ポエジー」は其何れの部分の最、力あるかを問はず悉く審美學上に存立の權を占むる者なり」と「レーゼ、ポエジー」は讀躰詩の義にしてハルトマンは此語を用ゐて單複の稗史を總括し以て「フォールトラーグス、ポエジー」の吟躰詩に對せしなり報知異聞は今、僅に其初篇の出でたるのみなれば未だ其全局を覗ふに由なしと雖も其詩天地の間に於て一版圖を開くべきは余の毫も疑はざる所なり

明治二十三年三月　鷗外漁史

氣取半之丞に與ふる書

相澤謙吉

僕、本一木强人なり深く詩文に通ずるものにあらず故に嘗て一たび吾友太田豊太郎が舟中にて作りし記を讀みたれど徒に其事に動されしのみにて其文の傳ふべきと否とを思ふに遑あらざりき近ごろ聞けば鷗外漁史といふものありて此記に題するに「舞姫」の二字を以てしこれを國民之友の紙上に公にしたりといふ嗚呼、是れ既に事を好めるとの甚しきものにあらずや而るに今又足下のことさらにこれがために辭を費したまふを聞く知らず其何の心なるかを

僕は舞姫の一篇、其價の幾何なるかを知らず又これを知らむと欲せず然れども初、足下のこれを許し玉ふを聞きて猶、自ら慰めておもへらく是れ必ず鷗外漁史が好事の癖を戒め太田生が薄倖の行を卑みて大に彼等をして過を悔ひ非を悟らしむるものならむと之を讀むに至りて吾望の虛くして足下の取るべき所なきを知りたり。

足下いはく

相沢謙吉（森鷗外）気取半之丞《きどりはんのじょう》に与ふる書　「しがらみ草紙」1890（明治23）年4月

「気取半之丞」は、1889（明治22）年11月に発表された石橋忍月「露子姫」に登場する作中人物名です。

うたかたの記　鷗外作

上

幾頭《いくとう》の獅子の挽ける車の上に、勢よく突立《つゝた》ちたる、女神「バワリヤ」の像は、先王ルウド井ヒ第一世が此凱旋門に据ゑさせしなりといふ。その下よりルウド井ヒ町を左に折れたる處に、トリエント産の大理石にて築きおこしたるおほいへあり。これバワリヤの首府に名高き見ものなる美術學校なり。校長ピロッチイが名は、をちこちに鳴りひゞきて、獨逸の國々はいふもさらなり、新希臘、伊太利、璉馬などよりも、こゝに來りつどへる彫工、畵工數を知らず。日課を畢《を》へて後は、學校の向ひなる、「カッフエエ、ミネルワ」といふ店に入りて、咖啡のみ、酒くみかはしなどして、おもひ／＼の戯す。こよひも瓦斯燈の光、半ば開きたる窓に映じて、内には笑ひさゞめく聲聞ゆるをり、かどにきかゝりたる二人あり。

先に立ちたるは、かち色の髮のそゝけたるを厭はず、幅廣き襟飾斜に結びたるさま、誰が目にも、ところの美術諸生と見ゆなるべし。立ちとまりて、後なる色黒き小男に向ひ「こゝなり」といひて、戸口をあけぬ。先づ二人が面を撲つはたばこの烟にて、遽に入りたる目には、中なる人をも見わきがたし。日は暮れたれど暑き頃なるに、窓悉くあけ放ちはせで、かゝる烟の中に居るも、習となりたるなるべし。「エキステルならずや、いつの間にか歸りし。」「なほ死なでありつるよ。」など口々に呼ぶを聞けば、彼諸生はこの群にて、馴染あるものならむ。その間、あたりなる客は珍らしげに、後につきて入來れる男を見つめたり。見つめらるゝ人は、座客のなめなるを厭ひてか、暫し眉根に皺寄せたりしが、とばかり思ひかへしゝにや、僅に笑《ゑみ》を帶びて、一座を見度しぬ。

この人は今着きし汽車にて、ドレスデンより來にければ、茶店のさまの、かしことこゝと殊なるに目を注ぎ

森鷗外「うたかたの記」

「しがらみ草紙」1890（明治23）年8月

森鷗外「文づかひ」『新著百種』

1891（明治24）年1月、吉岡書籍店

表紙絵はやはり原田直次郎。原田は挿絵も担当し、作品に登場する小林士官の姿を鷗外に似せて描いています。

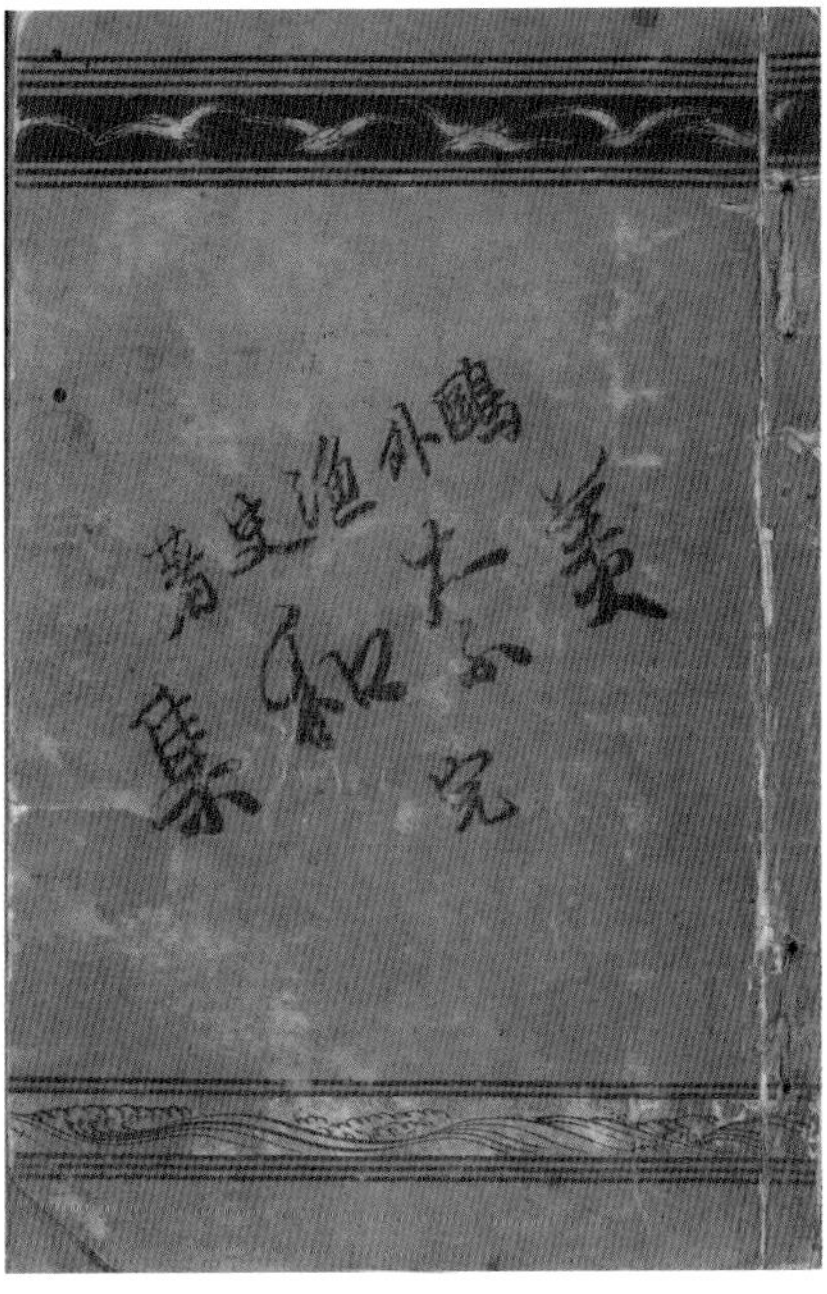

森鷗外『美奈和集《みなわしゅう》』

1892（明治25）年7月2日、春陽堂

背表紙の表記は『水沫集』となっています。

道を行く隊々《くみぐみ》の士女を見よ。

日本を離れ、初めてベルリンの地に第一歩を印した時の感慨を、豊太郎はこのように述べています。「何等の光彩ぞ」、「何等の色沢ぞ」とあるように、まさに新興ドイツ帝国のきらびやかな様が、極東からきた一青年の目を捉えていることがわかります。直後に「維廉《ウヰルヘルム》一世の街に臨める窓に倚り玉ふ頃なりければ」という記述があるように、プロイセン国王であったヴィルヘルム一世（Wilhelm I　一七九七―一八八八）が、ビスマルクを首相に据えドイツ統一を果たし、ドイツ帝国初代皇帝に即位したのが、一八七一年。ベルリンがその新ドイツ帝国の首都になったのもこの年でした。豊太郎はそれからわずか十数年後のベルリンの地に立っていることになります。

豊太郎ならぬ森林太郎陸軍二等軍医は、一八八四（明治一七）年六月七日、「独逸国留学被仰付候事」という辞令を受け取り、明治天皇の拝謁を経て、同年八月二三日東京を発し、翌八月二四日横浜港から船上の人になったのでした。そしておよそ二か月、一〇月七日フランス・マルセイユ港からヨーロッパの地を踏みしめた彼は、パリを経由し一〇月一一日にベルリンに到着します。以後、一八八八（明治二一）年七月まで留学期間は四年間に及びますが、その間、順にライプツィヒ（一八八四年一一月―一八八五年一〇月）、ドレスデン（一八八五年一〇月―一八八六年三月）、ミュンヘン（一八八六年三月―一八八七年四月）に滞在し、最後の留学地として一八八七年四月からヨーロッパの地を離れる翌一八八八年七月までの期間、ベルリンに居を構えたのでした。まさに鷗外が暮らしたベルリンは、人口が増加し、都市開発が急激に推し進められ、「欧羅巴の新大都」に変貌し、燦然と輝きを増していく時代でした。「舞姫」にも、「胸張り肩聳《そび》えたる士官」や「研《みめよ》き少女の巴里まねびの粧《よそほひ》したる」さまに目を驚かされている豊太郎が綴られています。

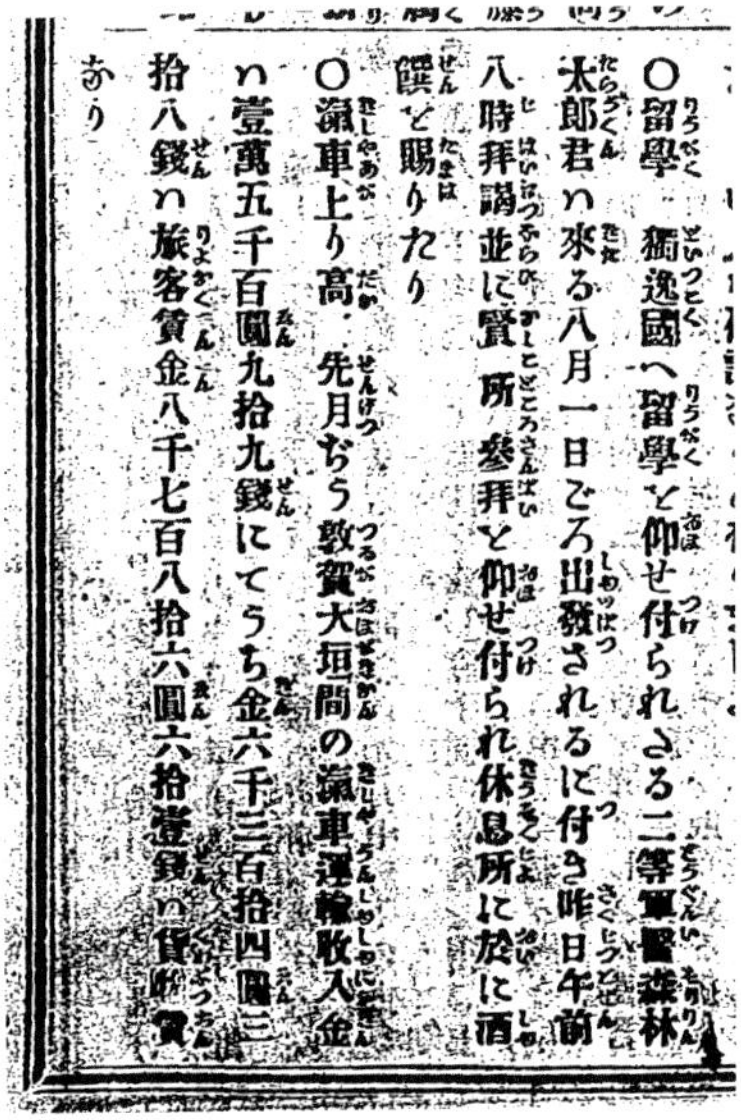

○留學 獨逸國へ留學を仰せ付られたる二等軍醫森林太郎君ハ來る八月一日ごろ出發さるゝに付き昨日午前八時拜謁並に賢所參拜を仰せ付られ休息所に於て酒饌を賜りたり
○滊車上り高 先月ぢう敦賀大垣間の滊車運輸收入金ハ壹萬五千百圓九拾九錢にてうち金六千三百拾四圓三拾八錢ハ旅客賃金八千七百八拾六圓六拾壹錢ハ貨物賃なり

森鷗外の留学に関する新聞記事

「読売新聞」1884(明治17)年7月30日

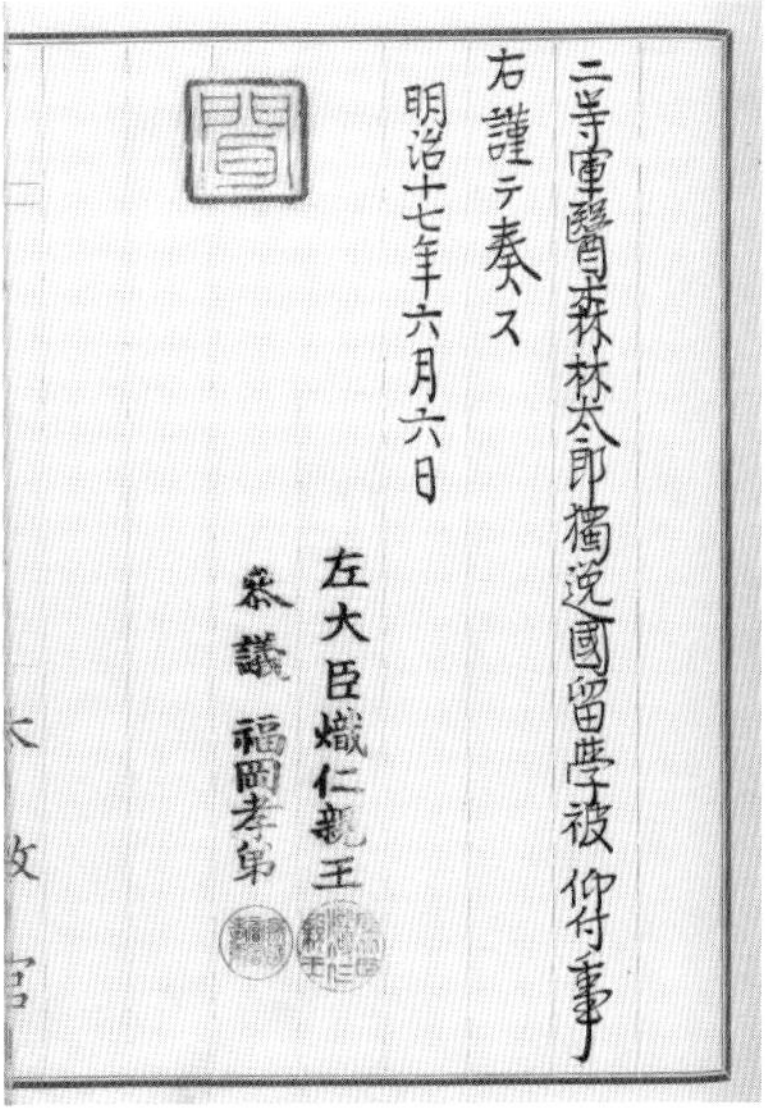

二等軍醫森林太郎獨逸國留學被仰付事
右謹テ奏ス
明治十七年六月六日
左大臣熾仁親王
参議 福岡孝弟

森林太郎のドイツ留学に関する公文書

国立公文書館蔵

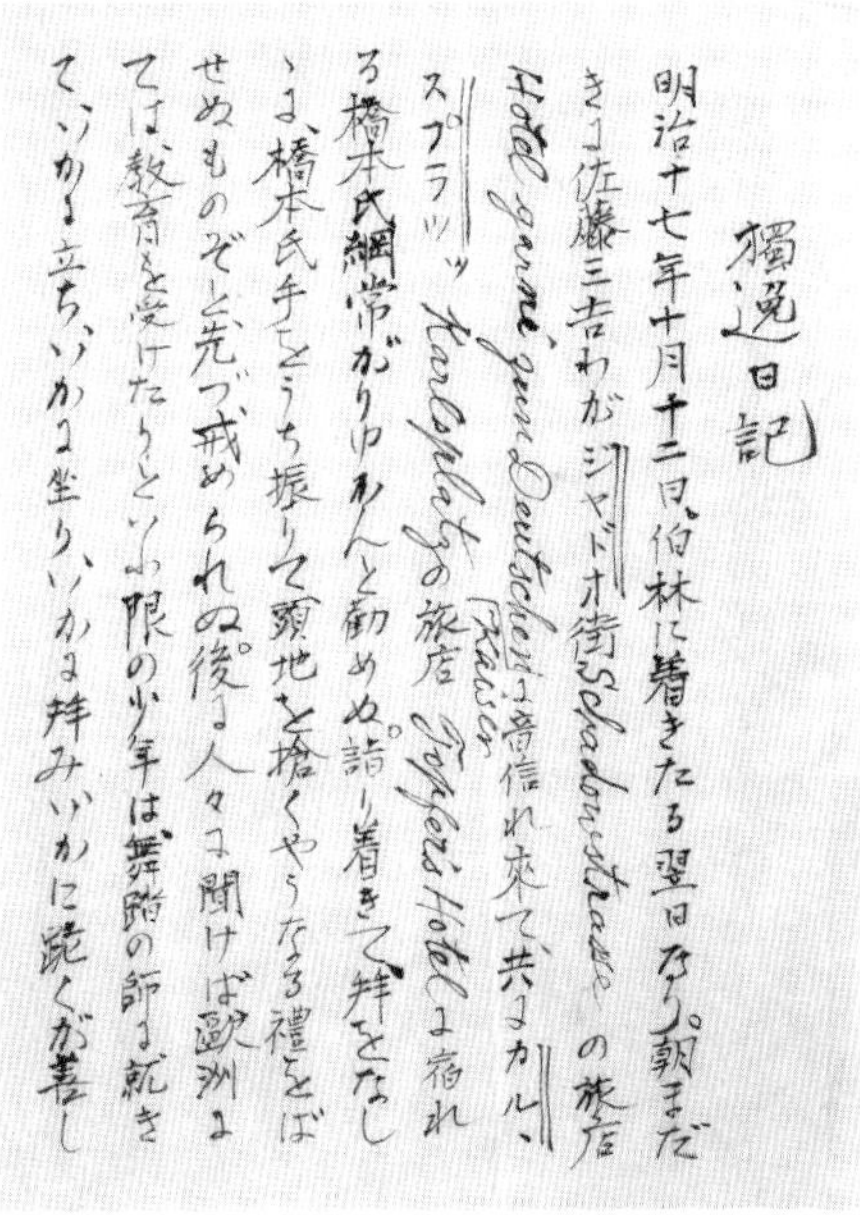

獨逸日記
明治十七年十月十二日、伯林に着きたる翌日なり。朝まだきに佐藤三吉わがシヤドオ街 Schadowstrasse の旅店 Hotel garni zum Deutschen Kaiser に音信れ来て、共にカルルスプラッツ Karlsplatz の旅店 Topfer's Hotel に宿れる橋本氏綱常がり往かんと勧めぬ。詣り着きて拝をなしつゝ。橋本氏手とう振りて頭地を搶くやうなる禮をばせぬものぞと先づ戒められぬ。後に人々に聞けば欧洲にては教育を受けたりと云ふ限の少年は舞踏の師に就きていかに立ち、いかに坐り、いかに拝み、いかに跪くが善し

「独逸《ドイツ》日記」

文京区立森鷗外記念館所蔵

1899(明治32)年10月10日、小倉発母峰子宛鷗外書簡に「「在徳記」(西洋にての日記)は途中の紛失なく皆届き候哉伺度候在徳記はあとはまだ当方にあり隙あれば直して清書に送る考に御座候」とあることから、本来の日記「在徳記」に鷗外自ら手を入れて、第三者に清書せしめたものと思われます。

後に鷗外が自身の詩集『うた日記』（一九〇七・九、春陽堂）に収めた「扣鈕《ぼたん》」という詩にも、当時のベルリンの様子を彷彿とさせる一節があります。

扣鈕

南山の　たたかひの日に
袖口の　こがねのぼたん
ひとつおとしつ
その扣鈕惜し

べるりんの　都大路の
ぱつさあじゆ　電燈あをき
店にて買ひぬ
はたとせまへに

えぽれつと　かがやきし友
こがね髪　揺らぎし少女《をとめ》
はや老いにけん

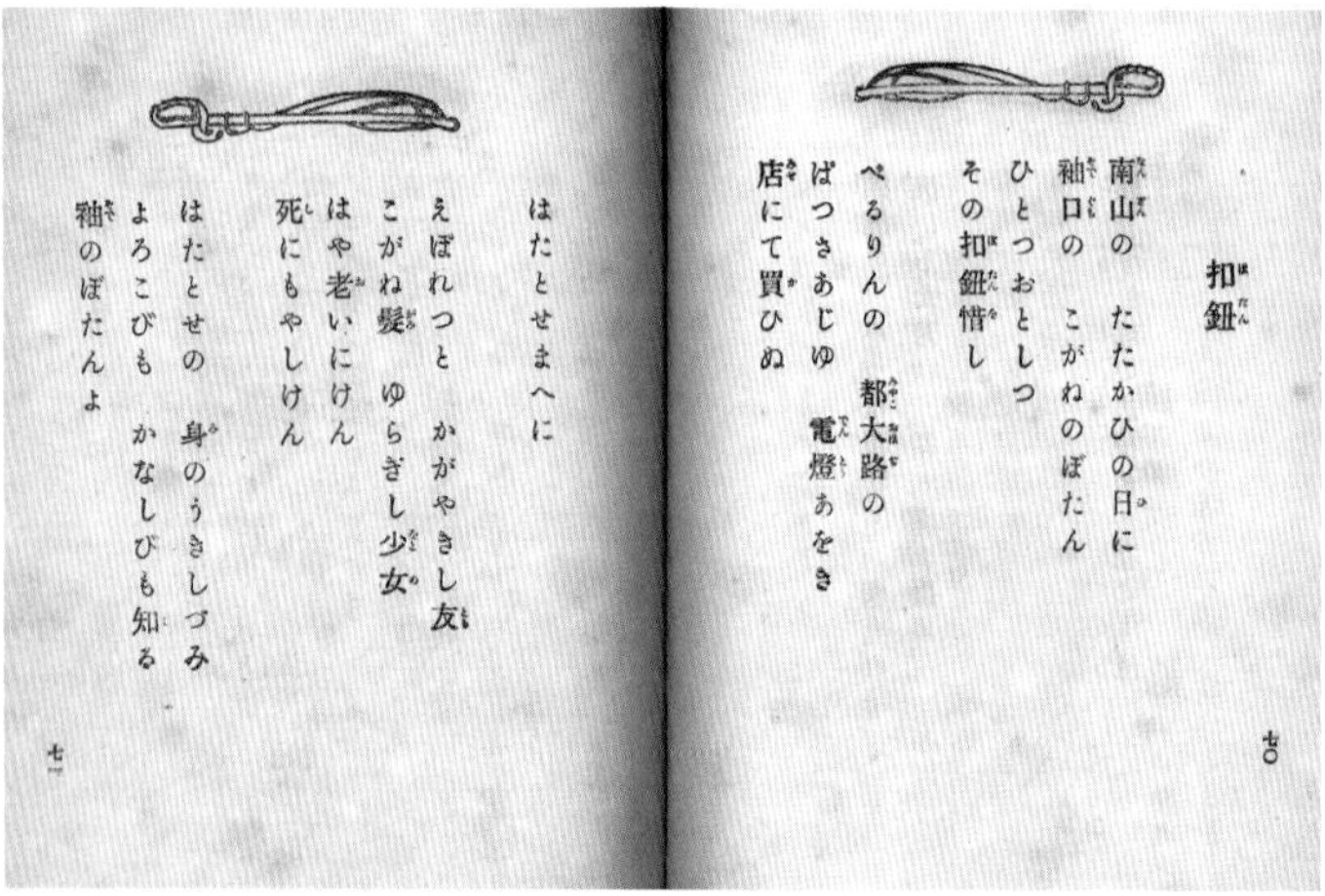
扣鈕《ぼたん》

南山《なんざん》の　たたかひの日《ひ》に
袖口《そでぐち》の　こがねのぼたん
ひとつおとしつ
その扣鈕惜し

べるりんの　都大路《みやこおほぢ》の
ぱつさあじゆ　電燈あをき
店《みせ》にて買《か》ひぬ

七〇

はたとせまへに

えぽれつと　かがやきし友
こがね髪　ゆらぎし少女
はや老いにけん
死にもやしけん

はたとせの　身のうきしづみ
よろこびも　かなしびも知る
袖のぼたんよ

七一

森鷗外「扣鈕《ぼたん》」　『うた日記』1907（明治40）年9月、春陽堂

『うた日記』は、日露戦争従軍中の鷗外が戦地で作成した詩、短歌、俳句を中心に編まれた詩集です。

死にもやしけん

はたとせの　身のうきしづみ
よろこびも　かなしびも知る
袖のぼたんよ
かたはとなりぬ

ますらをの　玉と砕けし
ももちたり　それも惜しけど
こも惜し扣鈕
身に添ふ扣鈕

「南山の戦」は、一九〇四（明治三七）年五月に、鷗外が属していた第二軍が遭遇した、日露戦争中の激戦として知られる会戦です。その戦いのさなか、二十年ほど前の若き日ベルリンで購入し、以来ずっと身につけてきた袖口の「扣鈕」をひとつ無くしてしまった、その時の思いを詩人は詠みます。今わたくしが注目したいのは、その「扣鈕」にまつわって彼の脳裡によみがえる映像です。まず浮かぶのは、「べるりんの　都大路の／ぱつさあじゆ（passge: 歩道）　電燈あをき／店」です。その「光彩」や「色沢」は鮮やかです。そしてそこに分かちがたく、今なお忘れることができない「えぽれつと（epaulette: 肩章）かがやきし友」や「こがね髪　揺らぎし少女」が紐付けられているのです。

歌日記の出たあとで父は当時中学生の私に「このぼたんは昔伯林で買つたのだが戦争の時片方なくしてしまつた。とつておけ」といつてそのかたはの扣鈕をくれた。（森於菟『森鷗外』一九四六・七、養徳社）

という鷗外長男・於菟の証言が残されていますから、これは森林太郎の実体験と言っていいでしょう。この詩に詠われているような瞬間は、林太郎その人がその胸中におそらく終生大切にしまっておいた光景に違いありません。

しかし、鷗外は、こうした華やかな都市空間の中で、作品の豊太郎とエリスの出会いをセッティングしませんでした。鷗外はむしろ都市の襞へ、路地の奥へと、読者を誘います。

四、留学・恋愛・国家――「青く清らにて物問ひたげに愁を含める目」――

国家から「独逸国留学」を仰せつけられた森林太郎と同じく、太田豊太郎という青年は、東京大学法学部卒業後「某省」に勤務し三年、「洋行して一課の事務を取り調べよ」との国家からの「命」を受けて、ドイツ・ベルリンにやってきます。「我名を成さむも、我家を興さむも、今ぞ」という決意とともに。しかしベルリンで三年ほど過ごすうちに、彼は、他から要請される生き方とは違う〈わたくし〉が自己の内にあることに気づきます。

今二十五歳になりて、既に久しくこの自由なる大学の風にあたりたればにや、心の中なにとなく妥《おだやか》ならず、奥深く潜みたりしまことの我は、やうやく表にあらはれて、きのふまでの我ならぬ我を攻むるに似たり。

まさにその時出会ったのがエリスという女性でした。二人の出会いの場面は、このように描かれています。

或る日の夕暮なりしが、余は獣苑を漫歩して、ウンテル、デン、リンデンを過ぎ、我がモンビシユウ街の僑居に帰らんと、クロステル巷《かう》の古寺の前に来ぬ。余は灯火の海を渡り来て、この狭く薄暗き巷《ちまた》に入り、楼上の木欄《おばしま》に干したる敷布、襦袢などまだ取入れぬ人家、頬髭《ほほひげ》長き猶太《ユダヤ》教徒の翁が戸前に佇みたる居酒屋、一つの梯《はしご》は直ちに楼に達し、他の梯は穴居の鍛冶が栖家《すみか》に通じたる貸家などに向ひて、凹字の形に引籠みて立てる、此三百年前の遺跡を臨む毎に、心の恍惚となりて暫し佇みしことは幾度《いくたび》なるを知らず。

「夕暮」「古寺」「灯火の海」「狭く薄暗き巷」そして「凹字の形に引籠みて立てる、此三百年前の遺跡」、ここは先に見たようなきらびやかな都市ベルリンではありません。「電燈あをき」店が並ぶ「都大路」とは、異質の空間です。そこで豊太郎は、初めてエリスに出会うのです。

今この処を過ぎんとするとき、鎖《とざ》したる寺門の扉に倚りて、声を呑みつゝ泣くひとりの少女あるを見たり。年は十六七なるべし。被りし巾《きれ》を洩れたる髪の色は、薄きこがね色にて、着たる衣は垢つき汚れたりとも見えず。我足音に驚かされてみかへりたる面《おもて》、余に小説家の筆なければこれを写すべくもあらず。この青く清らにて物問ひたげに愁を含める目の、半ば露を宿せる長き睫毛《まつげ》に掩はれたるは、何故に一顧したるのみにて、用心深き我心の底までは徹したるか。

すでに夕暮れ、しかも狭く薄暗い巷、本来ならばとても確認できないのではないかと思われる中で、豊太郎は彼の心を一瞬にして奪ったエリスの「青く清らにて物問ひたげに愁を含める目」を印象深く書き記します。彼女の「着たる衣は垢つき汚れたりとも見えず」とも。すなわちエリスの汚れのない、清楚な姿が強調されて描かれています。

「〈物語る私〉は、回顧的な能力を意味しているばかりでなく、再創造的な能力も意味しているのである。言い換えれば、一人称の語り手は、己の過去の生を回想する人物であるばかりでなく、この過去の生を己れの想像力の中で再創造する人物でもある」とは、F・シュタンツェルの言葉ですが（『物語の構造』前田彰一訳、一九八九・一、岩波書店）、こうした豊太郎の記述から浮かんでくるのは、彼女との別れを経て帰国する途次「セイゴン」の港で手記を書く、その時点においてもエリスが、こうした姿のエリスが、豊太郎の内にしっかり刻まれているということです。そしてこの「青く清ら」な瞳は、今、天方大臣一行の一員として帰国し、再び近代国家の一歯車に組み込まれる豊太郎（一旦彼の内に芽生えたはずの〈わたくし〉は、この後どうなるのでしょうか）を、異国の地からずっと見つめ続けることになるのです。

五、読まれ続ける「舞姫」――広がる「舞姫」の世界――

作品のヒロイン・エリスのモデル探索は、長年にわたって多くの人々によって、試みられてきました。が、この問題に関しては、六草いちか氏が現地ベルリンに残る資料をはじめとする丹念な調査・実踏を踏まえてまとめた二著、すなわち『鷗外の恋　舞姫エリスの真実』（二〇一一・三、講談社）、そして『それからのエリス　いま明らかになる鷗外「舞姫」の面影』（二〇一三・九、講談社）によってその詳細が明らかにされた結果、終止符が打たれたと言っていいように思います。しかしモデルが明らかになることと、「舞姫」という作品世界の読みとは自ずから別のものです。

本稿冒頭にも述べましたように、「石炭をば早や積み果てつ」という書き出しの一文からして、この作品は、読み手（特に若い読者）に読みにくい、理解しにくいという抵抗感を覚えさせるものかもしれません。そうしたことも踏まえて、井上靖訳（『舞姫・雁』一九八二・三、学習研究社）をはじめとして、これまで多くの現代語訳も試みられてきました。しかしかつて中野重治が、この作品の文体について次のように述べていたことは、もう一度押さえ直しておいていいことなのではないでしょうか。

鷗外は「舞姫」を、「石炭をば早や積み果てつ。」という現在完了形の一行で書きだした。当時として全くの新しさであり、六十年した現在でもなお全くの新しさである。この新しさを、鷗外は、二葉亭の試みた苦心とはちがつた方向で、日夏耿之介のいう「雅文」を材料とする方向で試みてしかも成功した。『鶉衣』の類で頽廃の頂点にきていたこの種の文体に命が吹きこまれた。見方をかえていえば、文章体の「和文」のながい歴史が、ここで最後の絶望的な戦いをこころみたのであったろう。「和文」の歴史としても、鷗外の文体の歴史としても、この戦いはこの戦いとしてとどまってその後その方向での発展は事実として見られなかった。見られなかっただけでなく今後とも見られぬのでもあろう。／けれども、ここで歴史と鷗外が試みた最後のひと戦はよくよく見ておく必要があろうと思う。（「「舞姫」「うたかたの記」他二篇」『鷗外　その側面』一九七二・二、筑摩書房）

自身『口語訳 即興詩人』（二〇一〇・一一、山川出版社）という仕事を成し遂げながら、「ぜひこの機会に文語文の『即興詩人』を読んでいただきたい」（同書「あとがき」）と言う画家・安野光雅氏は、その文語文の魅力を「『即興詩人』は物語が主というより、文語体の調べの美しさが主だといえる。あらすじでは到底伝えることのできぬ音楽的文章の世界があるのだから、それを聴いてもらいたいのである」（『繪本　即興詩人』二〇〇二・一一、講談社）とも述べています。安野氏が言う「音楽的文章の世界」こそは、この「舞姫」〈ドイツ三部作〉である「うたかたの記」や「文づかひ」をも含めて）の文体からも察知できるはずです。その文章から聞こえてくる音に耳を澄ませる時、それは〈今・ここ〉に生きるわたくしたちが、見失ってしまった日本語の可能性、そのすばらしさに気づかされる瞬間であるかもしれません。

＊　　＊

これまで「舞姫」を原作とした様々な二次的なテクストも、漫画（関川夏央案・谷口ジロー画『秋の舞姫』一

六草いちか
『鷗外の恋　舞姫エリスの真実』
2020年4月、河出文庫
2011年3月に講談社より刊行された単行本に加筆し文庫化。

井上靖訳・山崎一穎監修
『現代語訳　舞姫』
2006年3月、ちくま文庫
1982年に『カラーグラフィック明治の古典8 舞姫・雁』（学習研究社）として刊行された現代語訳を収録。

六草いちか
『それからのエリス
いま明らかになる鷗外「舞姫」の面影』
2013年9月、講談社

九八九・一〇、双葉社）、映画（「舞姫」篠田正浩監督、一九八九年公開）、演劇（「舞姫 ―MAIHIME―」宝塚花組、二〇〇七年・二〇〇八年公演）などに形を変えて生み出されてきました。

その中で近年の作品を一つ取り上げたいと思います。第二回ハヤカワ「悲劇喜劇」賞を受賞した、永井愛「鷗外の怪談」（「悲劇喜劇」二〇一四・一一、同年・二兎社公演39）は、一九一〇（明治四三）年に発覚した大逆事件をメインに据えた戯曲ですが、山縣有朋（周知のように、彼が「舞姫」の天方大臣のモデルです）に近い陸軍省医務局長・森林太郎陸軍軍医総監と、「沈黙の塔」（「三田文学」一九一〇・一一）や「食堂」（「三田文学」一九一〇・一二）を書く文学者森鷗外との間で揺れる鷗外森林太郎の姿が描かれます。作中人物の一人、永井荷風は、こういう台詞を吐きます。

山縣公は、もう相当脅えていると思いますよ。陸軍軍医総監として会う森林太郎は、どこまでも従順で微笑みを絶やさない。その同じ人間が森鷗外になったとたん、自分だけを狙い撃ちするかのように密かに銃口を向けてくる。幸徳を殺すな、思想を殺すなと見えない弾丸《たま》を撃ち込んでくるんですから。

このように評される作中の森林太郎の耳に、「ドイツ語で囁く女の声が聞こえてくる」場面があります。

Verräter（裏切り者）Verräter Verräter Verräter……

「舞姫」のエリスは、このような形でも、〈今・ここ〉の最前線にいる創作家に刺激を与え続けています。太田豊太郎が抱え込んだ苦悩と葛藤は、けっして古びていません。

すなわち「舞姫」という作品は、現代を生きるわたくしたちに、様々なメッセージ、問いかけを、今なお投げかけ続けているのです。

＊「舞姫」本文の引用は、『鷗外近代小説集　第一巻』（二〇一三・三、岩波書店）に拠り、振り仮名・傍線は適宜省略しました。なお、同書は初版『美奈和集（水沫集）』を底本としています。

第四章　夏目漱石「こころ」

中島　国彦

一、「こころ」の言葉の世界に寄り添う

「精神的に向上心のないものは馬鹿だ」「記憶して下さい。私《わたくし》はこんな風にして生きて来たのです」――夏目漱石の「こころ」を読んで、こうした言葉が忘れられない人は多いと思います。一方は強烈な言い回しであり、もう一方は心の奥底から生まれたギリギリの言葉ですが、何故か思い出されます。小説の一節が、このように後々まで迫ってくるのはどうしてでしょう。小説の世界が一読してそれで終わり、全て解決ずみだ、というのではなく、長く息づいて、わたくしたち読者の内部に住み着いているからではないでしょうか。「こころ」はいつも、わたくしたちに開かれた世界なのです。その世界とこれからもずっと対話していきたいと思わせる何かが、この作品にはあります。

高校生になって、教科書で初めて「こころ」を読んだ人も多いと思います。若い時に買って読んだ文庫本を大人になって読み返し、これまで発見できなかったことを見出した人も多いと思います。思い出せる一節、作中の言葉があるというのは、すでに小説の言葉の世界に自分がじっと眼を凝らしていることを示しています。言葉との終わりのない対話、言葉の世界にいつも寄り添って考える姿勢こそ、漱石の求めたことなのかもしれません。

「こころ」という作品を、「もの」として外側から説明するのではなく、その一節一節から読み込む作業をこれから試みたいと思います。文学がわたくしたちの生活に意味があるのは、そうした体験がわたくしたちの精神と感情を試し、磨いていくからだと思います。どうしてこの作中の一節が忘れられないのか、それを振り返ることは、読書体験において、非常に大切なことです。

夏目漱石　1912（大正元）年９月
小川一真撮影

毎年夏休みが近づくと、新潮社・角川書店・集英社の三社は、自社の文庫のおすすめ本を選び、小さなパンフレットを無料で配布します。「こころ」の名は、それらにいつも登場します。「新潮文庫の一〇〇冊」では、「ワタシの一行大賞」とタイアップして、作中の一行をキャンペーンします。この数年、「こころ」では、どの一行が選ばれていたでしょうか。正解は、「あなたはそのたった一人になれますか」です。「上三十一」の一節です。もちろん読者一人ひとりで、それが違うのは言うまでもありません。わたくしたちは、自分の一行を探しながら読み進みます。そうした作業は、作品の言葉に寄り添う習慣をわたくしたちに与えてくれるはずです。

＊ 漱石は、人間の心は色々と移り変わるということを示すかのように、自装した単行本『こゝろ』では、函・表紙・作品本文冒頭などで、「心」「こゝろ」など様々な字体でこの言葉を造型しています。ここでは、教科書の作品名としては「こころ」を、新聞初出では「心《こゝろ》」を、単行本では『こゝろ』の表記を用いることにします。「こころ」の本文は、現代仮名づかいに整えられた、岩波文庫で引用します。他の文字は、『定本 漱石全集』をもとにしました。

二、ある問題設定

「こころ」を考えるたびに思い出される、二つの漱石の言葉があります。

A　あなたは小学の六年でよくあんなものをよみますね。あれは小供がよんでためになるものぢやありませんからおよしなさい。

B　自己の心を捕へんと欲する人々に、人間の心を捕へ得たる此の作物を奨む。

Aは、兵庫県の大国村《おおくにむら》に住む小学六年生の松尾寛一《かんいち》少年に書いた漱石の手紙の一節です。一九一四（大正三）年四月二四日付です。松尾寛一少年は、漱石に、今度の小説に出てくる「先生」はもう死んだのですか、名前はないのですか、と尋ねたらしく（残念ながらこの手紙の現物は残っていません）、漱石は驚いて、「もう死んでしまいました。名前はありますがあなたが覚えても役に立たない人です」と書き、Aの言葉を続けたのです。

あなたは小学の六年でよくあんなものをよみますね。
あれは小供がよんでためになるものぢやありませんからおよしなさい。

松尾寛一宛書簡　（一九一四・四・二四付）

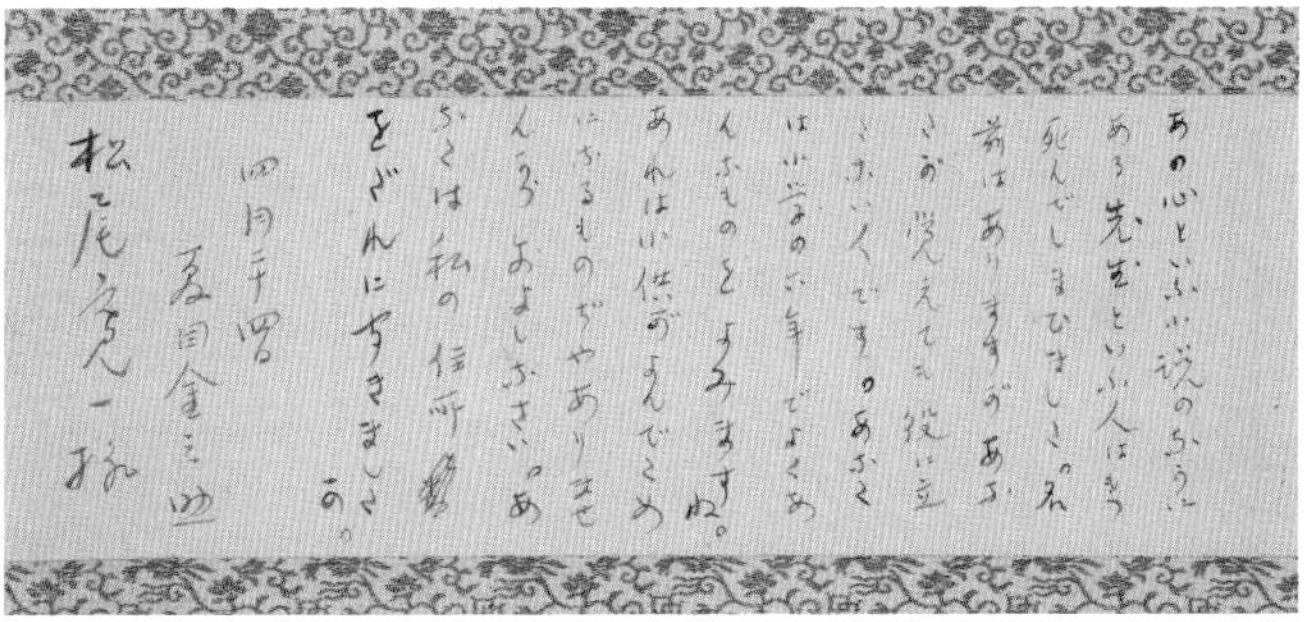

あの心といふ小説のなかにある先生といふ人はもう死んでしまひました。名前はありますがあなたが覚えても役に立たない人です。あなたは小学の六年でよくあんなものをよみますね。あれは小供がよんでためになるものぢやありませんからおよしなさい。

四月廿四日　夏目金之助

松尾寛一様

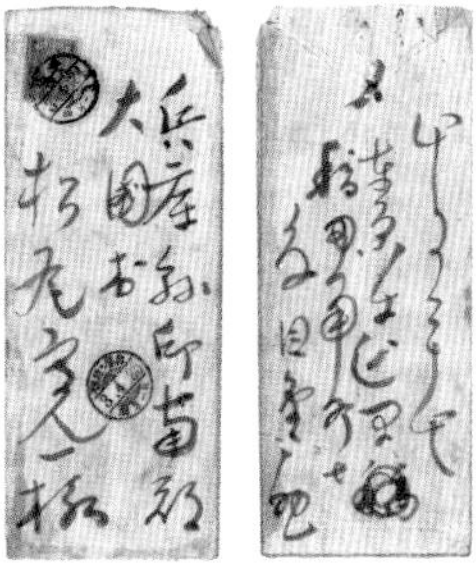

夏目漱石　松尾寛一《かんいち》宛書簡　1914（大正3）年4月24日付　姫路文学館蔵

小学生にも読みやすい文字づかいで書かれています。

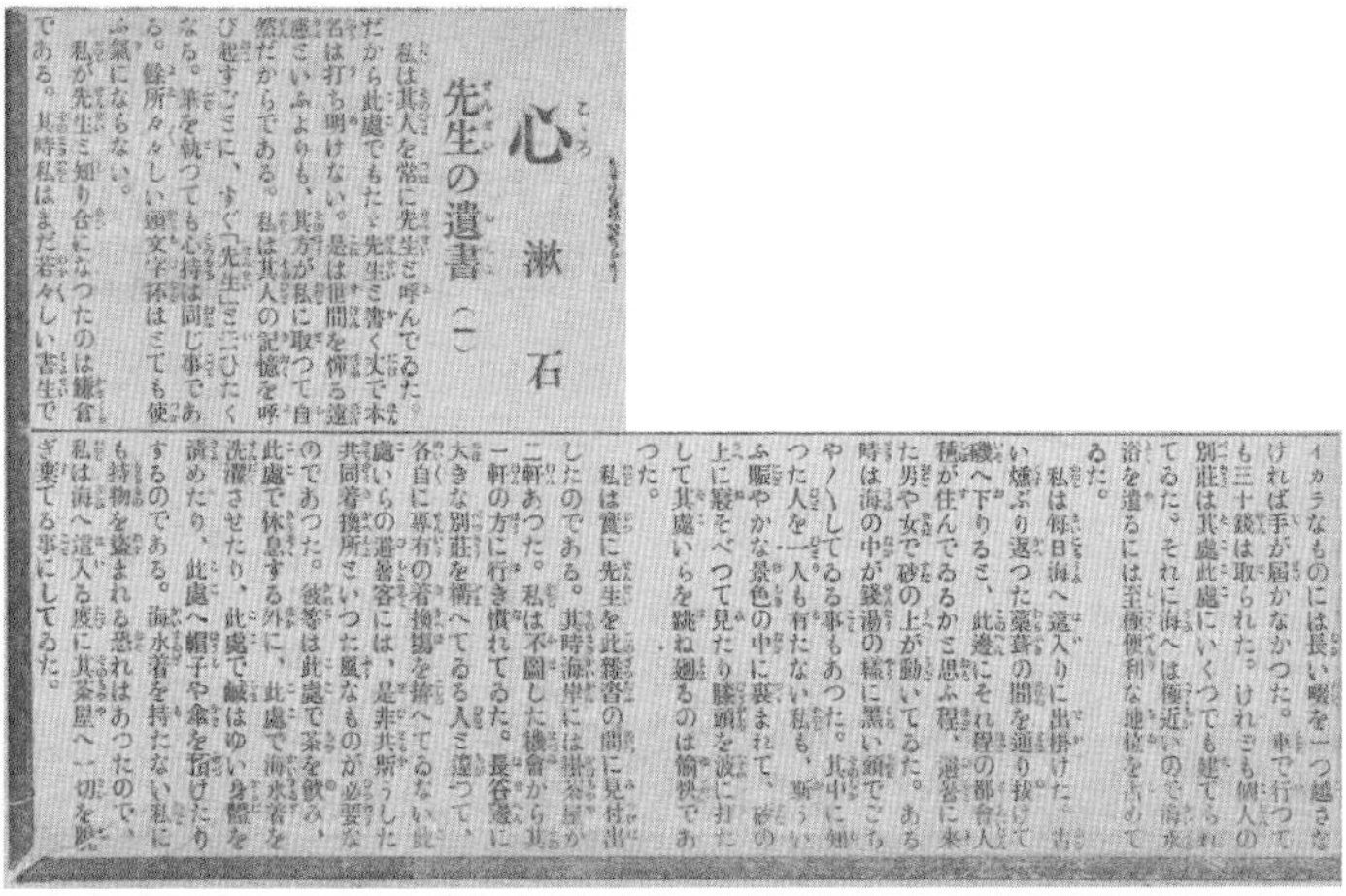

心　漱石

先生の遺書（一）

私は其人を常に先生と呼んでゐた。だから此處でもたゞ先生と書く丈で本名は打ち明けない。是は世間を憚かる遠慮といふよりも、其方が私に取つて自然だからである。私は其人の記憶を呼び起すごとに、すぐ「先生」と云ひたくなる。筆を執つても心持は同じ事である。餘所々々しい頭文字抔はとても使ふ氣にならない。

私が先生と知り合になつたのは鎌倉である。其時私はまだ若々しい書生で

イカラなものには長い暇を一つ越さなければ手が届かなかつた。車で行つても三十錢は取られた。けれども個人の別莊は其處此處にいくつでも建てられてゐた。それに海へは極近いので海水浴を遣るには至極便利な地位を占めてゐた。

私は毎日海へ這入りに出掛けた。古い燻ぶり返つた藁葺の間を通り拔けて磯へ下りると、此邊にこれ程の都會人種が住んでゐるかと思ふ程、避暑に來た男や女で砂の上が動いてゐた。ある時は海の中が錢湯の樣に黑い頭でごちや／＼してゐる事もあつた。其中に知つた人を一人も有たない私も、斯ういふ賑やかな景色の中に裹まれて、砂の上に寢そべつて見たり膝頭を波に打たして其處いらを跳ね廻るのは愉快であつた。

私は實に先生を此雜沓の間に見付出したのである。其時海岸には掛茶屋が二軒あつた。私は不圖した機會から其一軒の方に行き慣れてゐた。長谷邊に大きな別莊を構へてゐる人と違つて、各自に專有の着換場を拵へてゐない此處いらの避暑客には、是非共斯うした共同着換所といつた風なものが必要なのであつた。彼等は此處で茶を飲み、此處で休息する外に、此處で海水着を洗濯させたり、此處で鹹はゆい身體を淸めたり、此處へ帽子や傘を預けたりするのである。海水着を持たない私にも持物を盜まれる恐れはあつたので、私は海へ這入る度に其茶屋へ一切を脫ぎ棄てる事にしてゐた。

新聞に連載された「心」第一回　「大阪朝日新聞」1914年4月20日

同じ日に始まった「東京朝日新聞」連載紙面では、「心」の文字が、デザイン化された枠で囲まれていました。

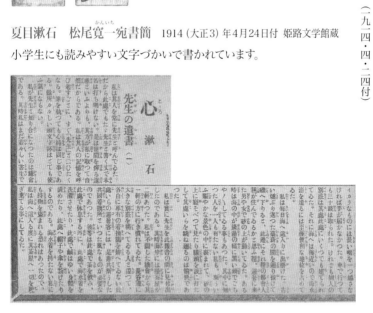

「朝日新聞」に「心《こゝろ》」が連載されたのは四月二〇日からで、その最初の紙面には、大きな「心《こゝろ》」という総題の下に、「先生の遺書」とあり、これから「先生の遺書」という表題の作品が始まることが示されていました。「先生の遺書」がどのくらいの長さになるかは、漱石にもわかっていませんでした。他の短編と合わせた全体の総題が、「心《こゝろ》」だったのです。結局、「先生の遺書」は、全一一〇回の長さになります。いつも書く漱石の長編の長さです。「先生の遺書」の冒頭は、言うまでもなく、「私《わたくし》はその人を常に先生と呼んでいた、だから此所《ここ》でもただ先生と書くだけで本名は打ち明けない」です。大国村には、「大阪朝日新聞」がおそらく一日遅れで届いたようです。今のような宅配はなく、大阪から離れたところには、郵便で送られたそうです。この冒頭を読んだだけで、松尾少年は漱石に手紙を書き、疑問をぶつけたのだと思います。

ここで注意しなくてはいけないのは、今わたくしたちが普段読んでいる本文（これは新聞初出ではなく、初版本をもとにしています）には見られない「遺書」という言葉が、読者に連載冒頭から伝えられていたことです。だから、松尾少年のような「その人はもう死んだのですか」という疑問が出てくるのです。幸いこの松尾少年に宛てた手紙は、松尾家に伝わり、軸装され、現在姫路文学館蔵となりました（封筒も残っています）。小学生に宛てても、漱石は「夏目金之助」という本名で、相手を気遣う読みやすい毛筆の字で書いています。こうした「心《こゝろ》」連載時の様々な資料を眼にすることで、作品の言葉を支える背後の状況を理解できます。ちなみに、松尾寛一は、その後教師を目指して姫路師範学校に入りましたが、残念ながら在学中、一九二三（大正一二）年に肺結核でなくなりました。

それにしても、小学生に、読んでためになるものではないと、漱石は何故諭すように書いたのでしょうか。当時の中学生（現在の高校生）なら読んでよいというのでしょうか。実は、「心《こゝろ》」連載開始の当時、漱石は他の若い

自己の心を捕へんと慾する人々に、人間の心を捕へ得たる此の作物を奨む。

単行本『こゝろ』広告文

岩波書店の刊行時の広告

「時事新報」1914年9月26日　柏書房複製版より

漱石の書いた広告文をかかげています。

翌年の「第四版」の岩波書店広告

「読売新聞」1915（大正4）年2月3日

この頃から書名をひらがなで表記するようになりました。

人に対しても、同様なことを書き送っているのです。文学者志望の秩父の青年四方田《よもた》義男に、「私にはあなたからさう慕はれる程の徳も才もありません」（一九一四・四・七付）と近づくのを避けるように言い、神戸に住む若い禅僧 鬼村元成《きむらげんじょう》には、修行のためには、私の小説を読むのは「叱られない程度で御やめなさい」（同四・一九付）と書いています。漱石の中に、何らかの思い入れがあったのでしょうか。

Bの文章は、漱石の言葉とされ『漱石全集』にも収録されている、単行本『こゝろ』（連載終了後、一九一四・九・二〇、岩波書店刊）のための広告文です。「時事新報」（九・二六）に載った岩波書店の広告の中に初めて出て、その後新聞各紙の広告に同じ文章が載っています。この言葉とともに、単行本『こゝろ』は広まっていったのです。それにしても、「人間の心を捕へ得たる」という自負のような言葉は、どこから出たのでしょうか。考えてみると、長編小説一作で、「人間の心を捕へ得たる」と明確に言えるものでしょうか。一編の作品というものは、そういうものではないでしょう。「心を捕へる」というのは、もっと別の動き、もしかすると作品と何らかの関わりを持ち続けるという行為の中にこそ、存在するのではないでしょうか。例えば、一冊の本は、それだけでは「もの」です。それが読まれることにより、「もの」を超えた時に、ある不思議な作用が生まれるのではないでしょうか。そのことを、漱石は「捕へ得たる」と言ったのではないかと思います。

AとBの二つの文章は、一見すると正反対のことを言っているように思われます。では、この二つはどうつながるのでしょうか。「こころ」を読むことは、参考になる資料を参照しつつ、この二つの文章を自分なりにつなげる作業ではないかと思います。

三、「心」という言葉

作品を読み進める前に、実は「心」という言葉は、漱石が若い時代から深い関係を持っていたことを、いくつかの文章、資料から確認してみたいと思います。

> 若し人生が数学的に説明し得るならば、若し与へられたる材料より、Xなる人生が発見せらるゝならば、若し人間が人間の主宰たるを得るならば、若し詩人文人小説家が記載せる人生の外に人生なくんば、人生は余程便利にして、人間は余程ゑらきものなり、不測の変外界に起り、思ひがけぬ心は心の底より出で来る、容赦なく且乱暴に出で来る海嘯と震災は、啻《ただ》に三陸と濃尾に起るのみにあらず、亦自家三寸の丹田中《たんでんちゅう》にあり、険呑《けんのん》なる哉、
>
> （傍点中島）

熊本時代に漱石が書いた「人生」（一八九六・一〇、第五高等学校「龍南会雑誌」）の最後の一節です。「Xなる人生」という言い回しで有名な文章ですが、この部分に、「思ひがけぬ心」という表現があります。直前の三陸大津波や濃尾地震を例にして、「不測の変」は外界から襲いかかるが、実は「自家三寸の丹田中《たんでんちゅう》」にあるものの方が恐ろしい、と言うのです。「容赦なく且乱暴に出で来る」のが、人間の「心」なのだという深い認識が感じられないでしょうか。「吾輩は猫である」を書く八年も前（『猫』の冒頭は、一九〇四年一一月に書かれています）に、そう考えていたのです。

漱石は、東京を離れて、松山と熊本で英語を教え始める前に、鎌倉の円覚寺の帰源院で参禅体験をしました（一

八九五・一二〜一八九六・一）。禅の世界でも、心の問題は修行の中心テーマでした。釈宗演から「父母未生以前の本来の面目」を考えるように課題を出され、考え続けた漱石は、「物ヲ離レテ心ナク心ヲ離レテ物ナシ他ニ云フベキコトヲ見ズ」としか答えられず、宗演から、そのようなことは誰でも言えることだ、と言われてしまいます（ロンドン時代のノートの「超脱生死」の項に、このことが出ています）。「心」と「物」が対応していることに、注意してみてください。

　ここで、漱石が、『白隠和尚全集』の初版（一八九八・七、光融館）を持っていたことに注目したいと思います。刊行時に手に入れたかはわかりませんが、江戸時代初期の禅僧白隠《はくいん》の言葉に親しんでいたことは、確かでしょう。「草枕」（一九〇六・九「新小説」）の中に、この本の最初に収められている主著である「遠羅天釜《おらてがま》」の名前が出てきます。温泉場の出戻りのお嬢さん那美さんが、お寺の和尚さんから奨められて読んでいるのが、その本です。わたくしは、この『白隠和尚全集』の終わりの方に収められている短い文章「大道ちよぼくれ」を、いつも面白く読みます。「きた〱、やれきた、それきた」と囃子言葉で始まりますが、すぐさま、「人々御所持の心と云ふやつは、是れぞと申してしつかと致した、目鼻も手足もござらぬながらも、扠《さ》て〱自由なわろめでをりやるよ」と続きます。終わりの方には、「困つたことには、人々御所持の心といふやつは、おてゝこてんより替るが早いぞ」などともあります。「心」を悪者、困った存在だというのです。何か、以前読んだことのある一節だとは言えないでしょうか。

　わたくしは、明治大正の日本の近代小説で、「心」「こころ」の表題をもった作品を、漱石のこの作品以前には知りません。「心」という語は、明治以降の用いられた翻訳語ではなく、古文にも見られる歴史の古い用語です。しかし、その一語の意味するものには、深い広がりがあります。作家は、言葉に新しい意味を付与するのが、仕

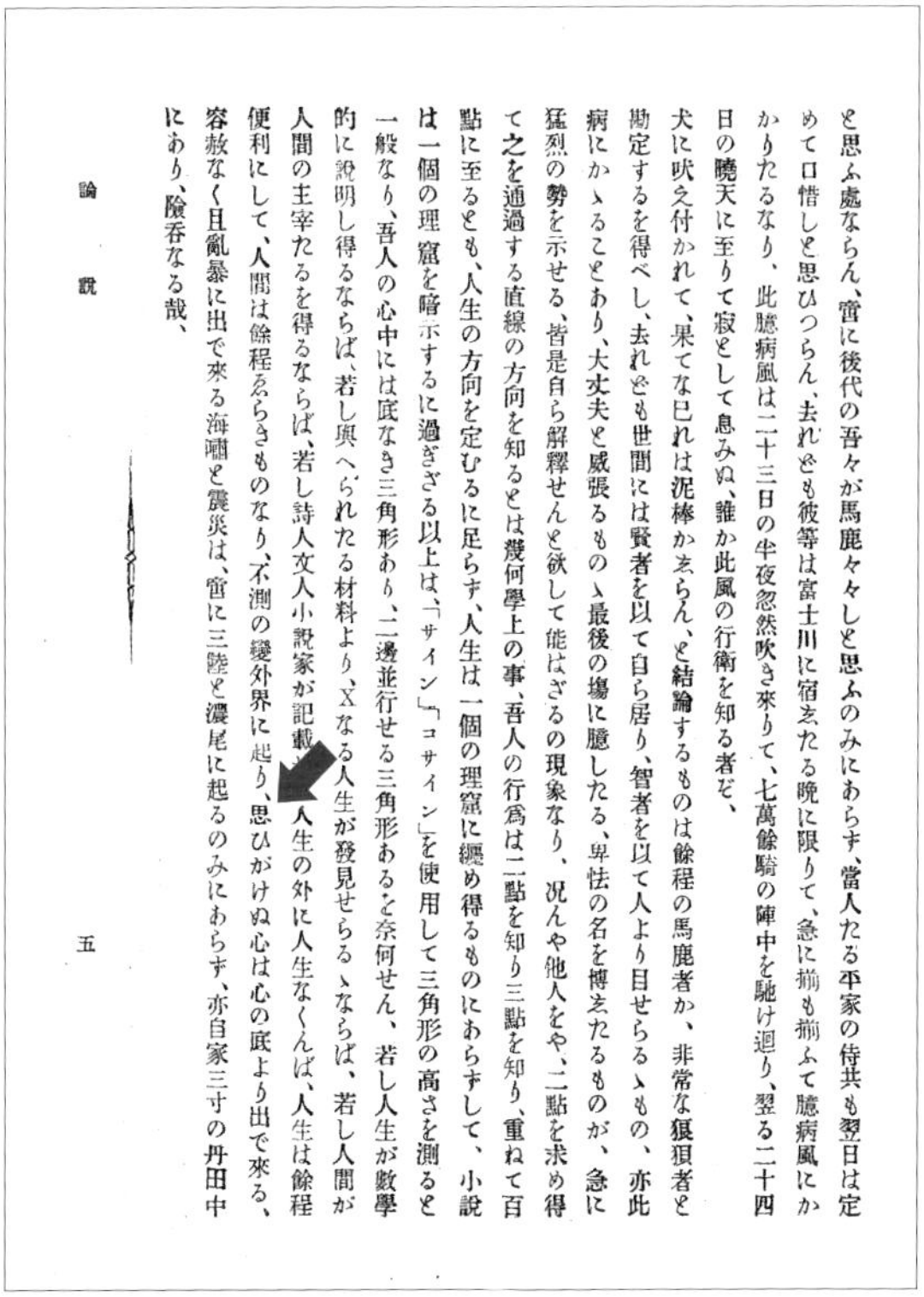

と思ふ處ならん、啻に後代の吾々が馬鹿々々しと思ふのみにあらず、當人たる平家の侍共も翌日は定めて口惜しと思ひつらん、去れども彼等は富士川に宿したる晩に限りて、急に揃も揃ふて臆病風にかかりたるなり、此臆病風は二十三日の半夜忽然吹き來りて、七萬餘騎の陣中を馳け廻り、翌る二十四日の曉天に至りて寂として息みぬ、誰か此風の行衛を知る者ぞ、
犬に吠え付かれて、果てな巳れは泥棒かしらん、と結論するものは餘程の馬鹿者か、非常な狼狽者と勘定するを得べし、去れども世間には賢者を以て自ら居り、智者を以て人より目せらるゝもの、亦此病にかゝることあり、大丈夫と威張るものゝ最後の場に臆したる、卑怯の名を博したるものが、急に猛烈の勢を示せる、皆是自ら解釋せんと欲して能はざるの現象なり、況んや他人をや、二點を求め得て之を通過する直線の方向を知るとは幾何學上の事、吾人の行爲は二點を知り三點を知り、重ねて百點に至るとも、人生の方向を定むるに足らず、人生は一個の理窟に纒め得るものにあらずして、小説は一個の理窟を暗示するに過ぎざる以上は、「サイン」「コサイン」を使用して三角形の高さを測ると一般なり、吾人の心中には底なき三角形あり、二邊並行せる三角形あるを奈何せん、若し人生が數學的に說明し得るならば、若し與へられたる材料より、Xなる人生が發見せらるゝならば、若し人間が人間の主宰たるを得るならば、若し詩人文人小說家が記載人生の外に人生なくんば、人生は餘程便利にして、人間は餘程えらきものなり、不測の變外界に起り、思ひがけぬ心は心の底より出で來る、容赦なく且亂暴に出で來る海嘯と震災は、啻に三陸と濃尾に起るのみにあらず、亦自家三寸の丹田中にあり、險呑なる哉、

論說　　五

夏目漱石「人生」の最終ページ

「龍南会雑誌」1896（明治29）年10月
第五高等学校
熊本大学附属図書館蔵

漱石の思いが、文語体で定着されています。

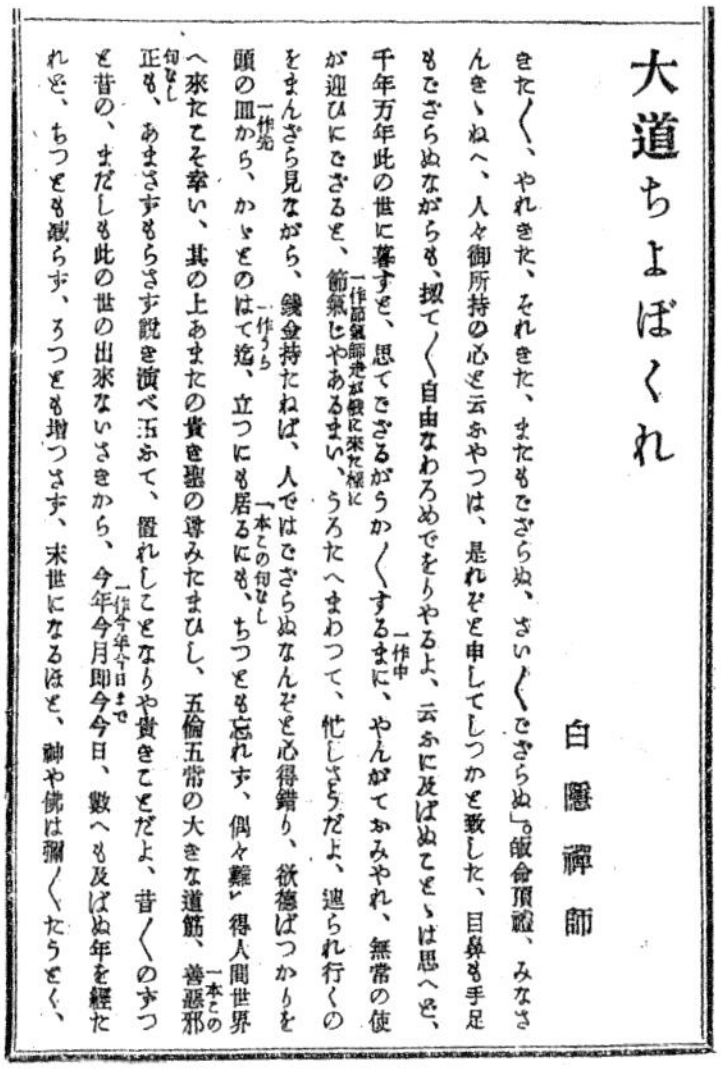

大道ちよぼくれ

白隱禪師

きたく、やれきた、それきた、またもござらぬ、さい〲ござらぬ」。皈命頂禮、みなさんきゝねへ、人々御所持の心と云ふやつは、是れぞと申してしつかと数した、目鼻も手足もござらぬながらも、扨て〲自由なわろめでをりやるよ、云ふに及ばぬこととゝは思へど、千年万年此の世に暮すと、思てござるがうか〲するまに《一作中》、やんがておみやれ、無常の使が迎ひにござると《一作節氣師走が俄に來た樣に》、節氣じやあるまい、うろたへまわつて、忙しさうだよ、追られ行くのをまんざら見ながら、錢金持たねば、人ではござらぬなんぞと心得錯り、欲德ばつかりを頭の皿から《一作先》、かゝとのはて迄《一作うら》、立つにも居るにも《一本この句なし》、ちつとも忘れず、偶々難い得人間世界へ來たこそ幸い、其の上あまたの貴き聖の尊みたまひし、五倫五常の大きな道筋、善惡邪正も《一本この句なし》、あまさずもらさず説き演べ玉ふて、留れしことなりや貴きことだよ、昔〲のずつと昔の、まだしも此の世の出來ないさきから《一作今年今日まで》、今年今月即今今日、數へも及ばぬ年を經たれど、ちつとも減らず、ろつとも増つさず、末世になるほど、神や佛は彌〲たうとく、

「大道ちよぼくれ」

『白隠和尚全集』初版＝1898（明治31）年7月、
光融館　六版＝1909（明治42）年8月
個人蔵

江戸時代の禅僧白隠和尚の書き残したものに、漱石は早くから親しんでいたようです。

事です。漱石がこの小説を書き出した時、何らかの新しい意欲を持っていた、ということだけは確かだったのです。

四、「上　先生と私」を読む

現在、通常わたくしたちが読んでいる「こころ」は、「上　先生と私《わたくし》」「中　両親と私《わたくし》」「下　先生と遺書」の三つの部分に分かれています。

新聞連載の表題は、「先生の遺書」でしたので、間違えないようにしましょう。「先生の遺書」が思いのほか長くなったので、単行本『こゝろ』を刊行する際、三つに分けたのです。現在発行されている文庫本は、全てこの三部構成です。教科書に採られているのが、「下　先生と遺書」の、そのまた一部分（多くは「下三十六」から「下四十八」まで）であることは、言うまでもありません。初版本は漢字に全て読み仮名（ルビ）が振られており、「私」はすべて「わたくし」となっています。ですから、この作品を読む時には、「私」はいつも「わたくし」と読んでいく必要があります。「わたし」と読んでしまうと、だいぶ語感が違ってしまうのです。

◎雑司ヶ谷の銀杏

豊島区にある、都営の雑司ヶ谷霊園には漱石やその他の有名人の墓があり、訪れる人も多くあります。一八七四（明治七）年開園で、同時に開かれた谷中霊園・青山霊園・染井霊園などとともに、歴史の古い公立の墓地で

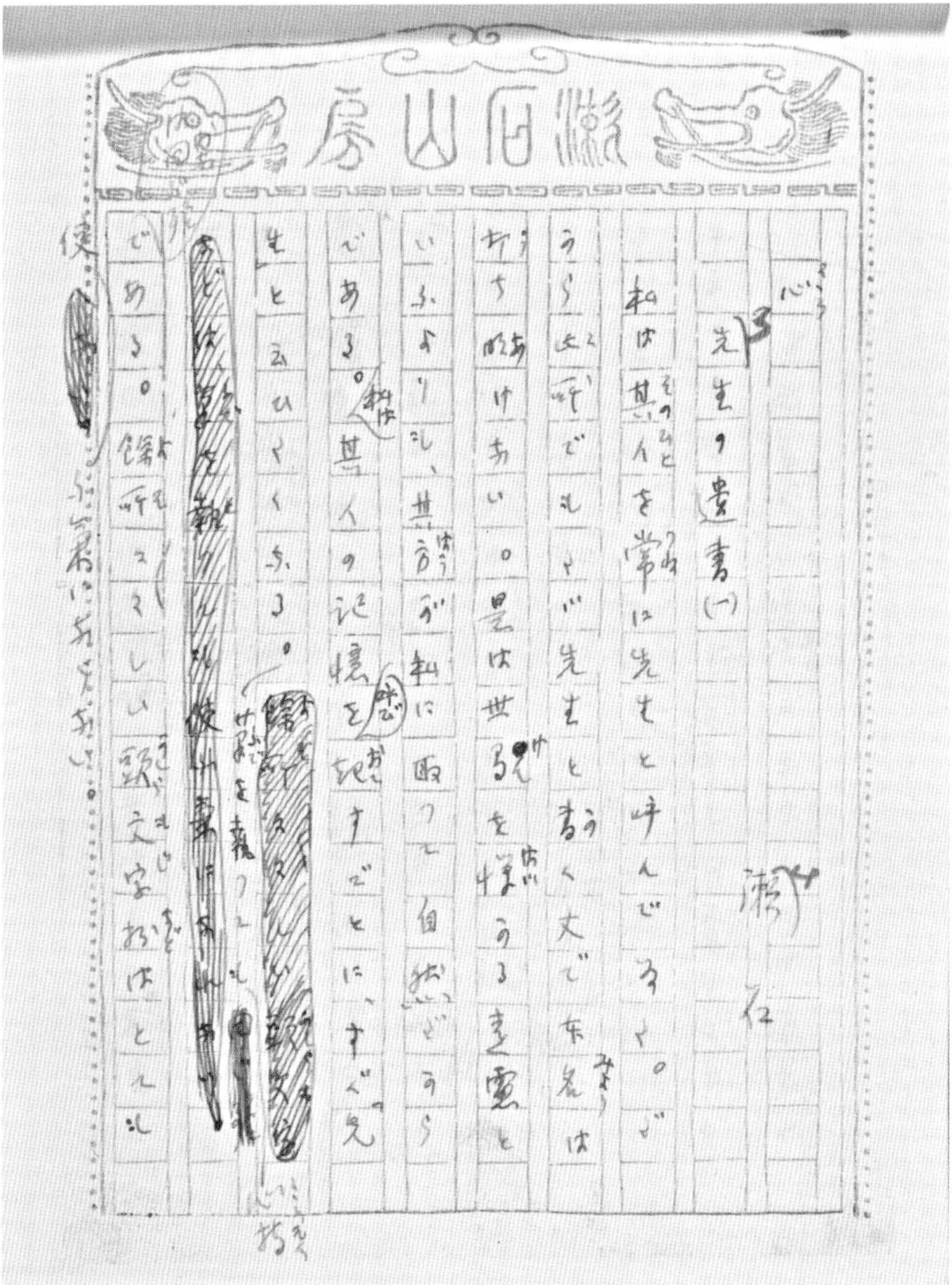

「心」原稿　冒頭部「先生の遺書（一）」１枚目

『漱石自筆原稿 心』(1993年12月、岩波書店)より（原本＝岩波書店蔵）　以下も同じ

初版本で「先生と私 一」となった作品冒頭。「私」にはルビが振られていません。新聞初出では「私《わたし》」、初版本で「私《わたくし》」となりました。残された原稿から、執筆時の漱石の試行錯誤をたどることができます。自筆原稿の複製を読むことは、新たな発見をもたらしてくれるのです。

す。霊園を訪れ、静かな光景に接し、「こころ」に描かれた雰囲気を感じようとする人も多いかと思います。「先生と私《わたくし》は通《とおり》へ出ようとして墓の間を抜けた。依撒伯拉《イサベラ》何々の墓だの、神僕ロギンの墓だのという傍《かたわら》に、一切衆生悉有仏生と書いた塔婆などが建ててあった。全権公使何々というのもあった」（上五）という風景は、今訪れても変わらずにあります。霊園は一九〇二（明治三五）年に南の畑を開発して広がりますが、日露戦後のこのシーンでも、「向うの方で凸凹の地面をならして新墓地を作っている男が、鍬の手を休めて私たちを見ていた」（同）と工事のさまが描かれます。

今でこそ漱石一家の墓地がある雑司ヶ谷霊園ですが、この霊園と漱石の関係は、一九一一（明治四四）年一一月に五女雛子が急逝し、本来なら夏目家の代々の墓のある小日向《こびなた》の本法寺に埋葬するはずが、自分の家の墓を考えようとして、雑司ヶ谷霊園に墓地を求めたことから始まります。ですから、漱石はその後雛子の墓参りに、雑司ヶ谷霊園に通うことになります。早稲田南町の漱石の家からは、徒歩で四十分ほどでしょうか。ちなみに、漱石は亡くなった後に、まずその雛子の小さな墓標の傍らに埋葬されました。今の立派な墓（鏡子夫人の妹婿鈴木禎次の設計）ができたのは、漱石の一周忌の時です。

作品の一節に戻って、印象的な秋の雑司ヶ谷の描写に注意してみましょう。何でもない描写ですが、実はよく読み込むと、深い問題が出てきます。

墓地の区切り目に、大きな銀杏《いちょう》が一本空を隠すように立っていた。その下へ来た時、先生は高い梢を見上げて、「もう少しすると、綺麗ですよ。この木がすっかり黄葉して、ここいらの地面は金色《きんいろ》の落葉で埋まるようになります」といった。先生は月に一度ずつは必ずこの木の下を通るのであった。（上五）

「先生」は、学生の「私《わたくし》」に、「もう少しすると」「ここいらの地面は金色の落葉で埋まる」と言います。それは、「来月になると」でもなく、あくまでも「もう少しすると」なのであり、それは「ここいらの地面は金色の落葉で埋まる」タイミングを知り尽くしている長年の経験があればこそのことなのです。言い換えれば、「先生」は、何年も何年もここに通っている経験を持つ、ということになります。「月に一度ずつは必ずこの木の下を通る」体験があればこそ、それを長年続けてきたからこそ、現在の「大きな銀杏」の様子を見て、「もう少しすると、綺麗ですよ」という指摘が可能になったのではないでしょうか。

「先生」「K」「お嬢さん」の三角関係の事件があったのは、日清戦争直後のある年であり、「五」のシーンは、「先生」の生涯の終わり（一九一二年）の数年前ですので、その間十年ほどの歳月が流れていた計算になります。その時間の重さ、毎月その日に墓参りをするという繰り返しの重さが、「先生」の一言に込められていたのです。

◎「淋しい人間」という表現

その後、学生の「私《わたくし》」は、「月に二度もしくは三度ずつ必ず先生の宅《うち》へ行くようになった」（上七）と言います。そうして、「先生」の口から次のような言葉を聞くことになります。

「私は淋《さび》しい人間です」と先生はその晩またこの間の言葉を繰り返した。「私は淋しい人間ですが、ことによると貴方も淋しい人間じゃないですか。私は淋しくっても年を取っているから、動かずにいられるが、若いあなたはそうは行かないのでしょう。動けるだけ動きたいのでしょう。動いて何かに打《ぶ》つかりたいのでし

もう少しすると、綺麗ですよ。この木がすっかり黄葉して、ここいらの地面は金色の落葉で埋《うず》まるようになります。　上五

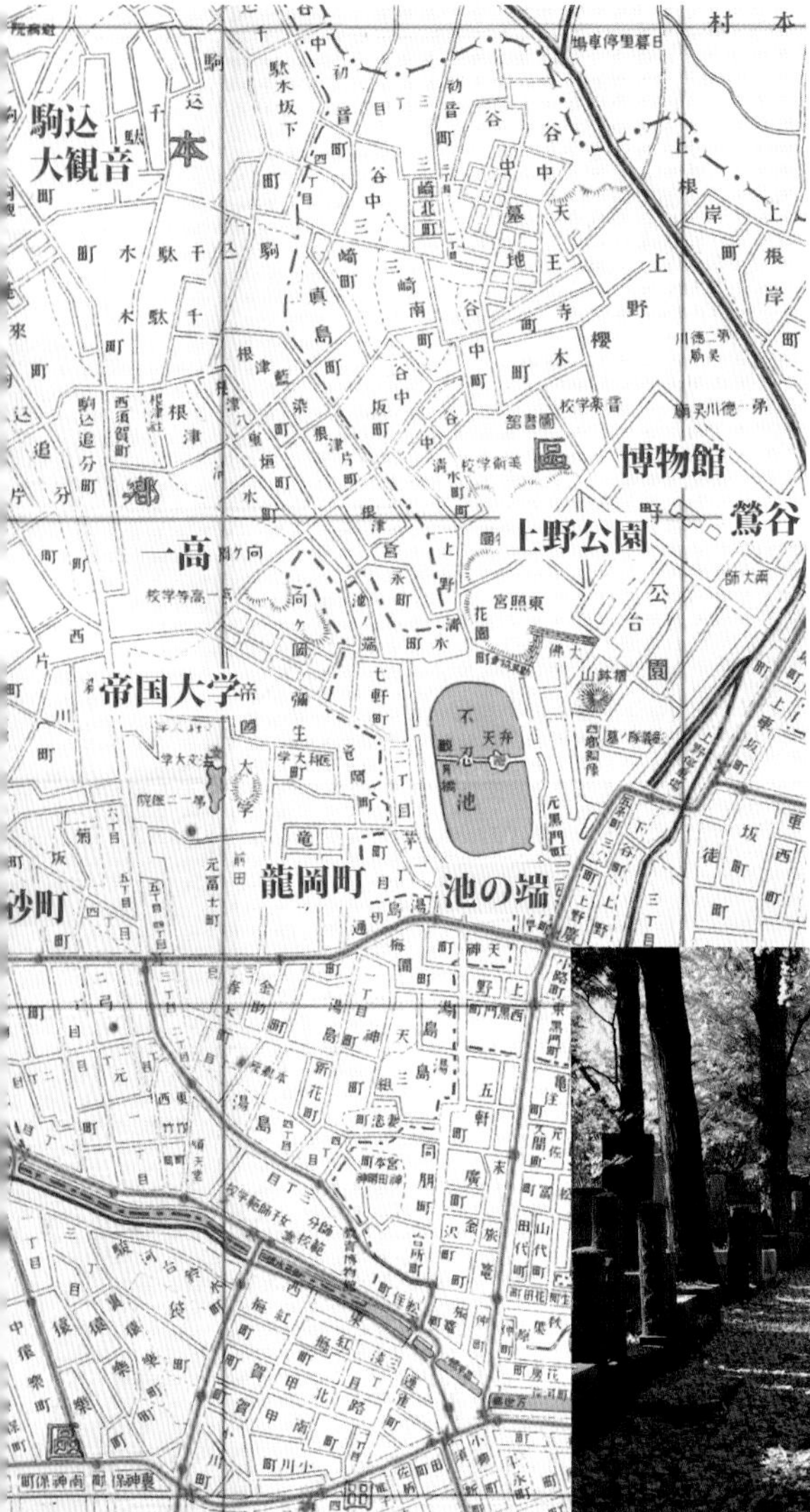

黄葉に染まる雑司ヶ谷霊園（余吾育信撮影）

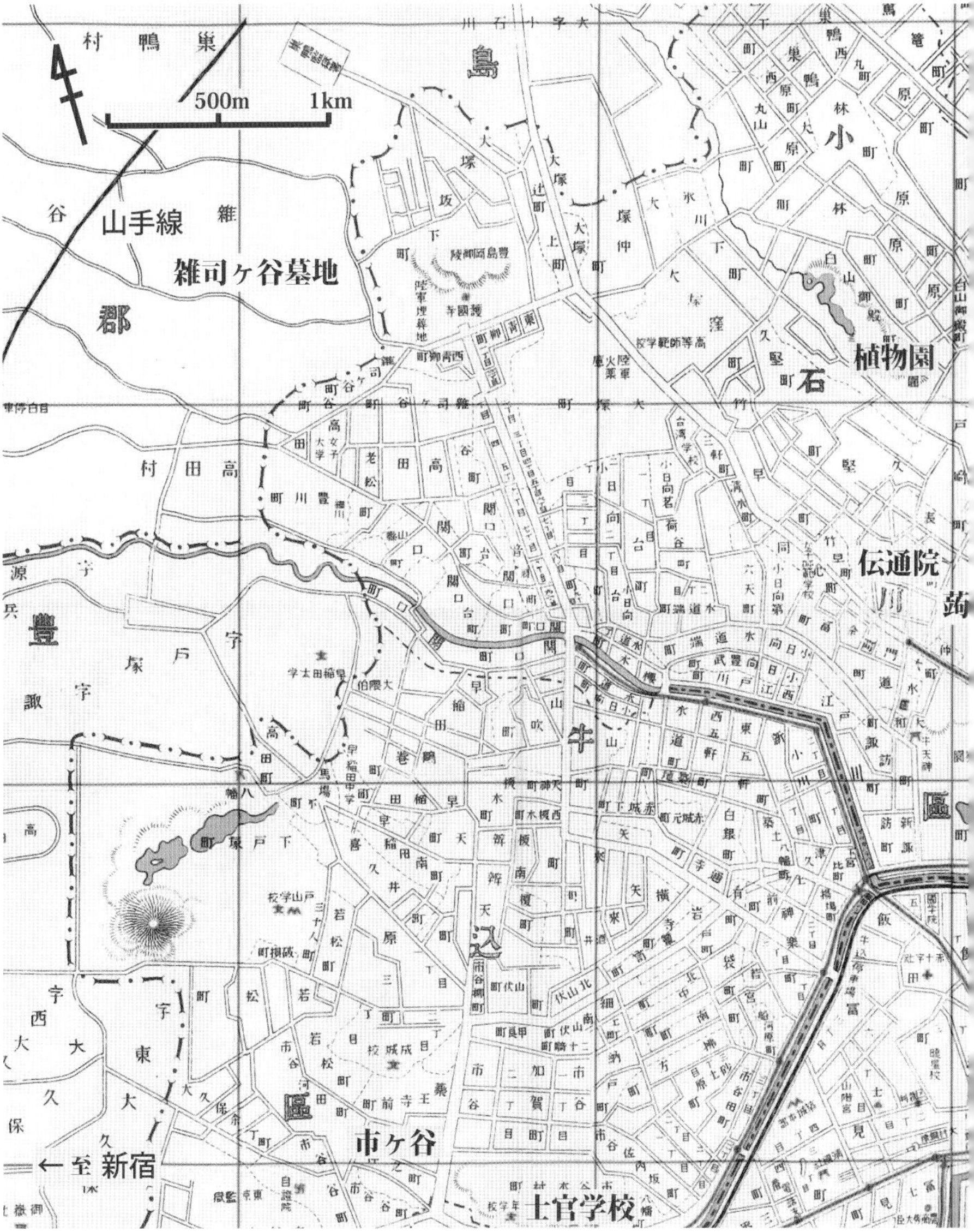

東京の「山の手」の空間　本郷・小石川・牛込周辺図

森林太郎（鷗外）立案『東京方眼図』（1909年6月、春陽堂）
［日本近代文学館発行「特選 名著複刻全集 近代文学館」］に、関連する地名を書き入れたもの。

赤線は当時の東京の路面電車の路線を示しています。少しずつ「山の手」にも広がってきました。雑司ヶ谷霊園へ歩いて行ける範囲に「先生」の家はありました。どのへんになるでしょうか。

ょう。……」　　　　　　　　　　　　　　　　　　　　　　　　（同）

「淋しい人間」――実はこの言葉を説明するのは、とてもむずかしいことです。「淋しい」という感情は主観的ですし、この時の「先生」の気持は、複雑だったでしょう。若い「私《わたくし》」が、「私はちっとも淋《さむ》しくはありません」（同）と返答するのは、実はそうした「先生」への答にはならないのです。

ここでわたくしが思い出すのが、「こころ」を執筆する少し前に、交友のあった画家津田青楓に書き送った手紙（一九一四・三・二九付）です。机辺にあった「漱石山房原稿用紙」を用いて、毛筆で書いたものです。

　世の中にすきな人は段々なくなります、さうして天と地と草と木が美しく見えてきます、ことに此頃の春の光は甚だ好いのです、私は夫をたよりに生きてゐます

「淋しい」という気持が溢れていますが、こうしてそれを言葉にしていくと、それが大きなものに包まれて、新しい次元のものになっていくように思います。「淋しい人間」の内実は説明つかなくても、それを見つめることで心情が和むことがあるのです。

◎博物館裏の言葉

「上十二」に描かれているのは、学生の「私《わたくし》」が、大学生になって（今とは違い、満二十三歳くらいになります）、「先生」と上野に花見に行った時の思い出です。若い新婚の二人を見て、「君は恋をした事がありますか」と

尋ねられた後、「先生」は、連載のこの回の最後の部分で、「しかし君、恋は罪悪ですよ。解っていますか」と語り出します。「上十三」はそれを受けた一回分ですが、その中で忘れられない次の一節が見えます。

「しかし気を付けないと不可《いけ》ない。恋は罪悪なんだから。私《わたくし》の所では満足が得られない代りに危険もないが、——君、黒い長い髪で縛られた時の心持を知っていますか」

私《わたくし》は想像で知っていた。しかし事実としては知らなかった。いずれにしても先生のいう罪悪という意味は朦朧としてよく解らなかった。その上私は少し不愉快になった。

「先生、罪悪という意味をもっと判然《はっきり》いって聞かして下さい。それでなければこの問題を此所《ここ》で切り上げて下さい。私自身に罪悪という意味が判然解るまで」

「悪い事をした。私はあなたに真実《まこと》を話している気でいた。ところが実際は、あなたを焦慮《じら》していたのだ。私は悪い事をした」

先生と私とは博物館の裏から鶯渓《うぐいすだに》の方角に静かな歩調で歩いて行った。垣の隙間から広い庭の一部に茂る熊笹が幽邃に見えた。

「君は私がなぜ毎月雑司ケ谷の墓地に埋っている友人の墓へ参るのか知っていますか」

先生のこの問いは全く突然であった。しかも先生は私がこの問に対して答えられないという事も能《よ》く承知していた。私はしばらく返事をしなかった。すると先生は始めて気が付いたようにこういった。

「また悪い事をいった。焦慮《じら》せるのが悪いと思って、説明しようとすると、その説明がまたあなたを焦慮せるような結果になる。どうも仕方がない。この問題はこれで止《や》めましょう。とにかく恋は罪悪ですよ、よござんすか。そうして神聖なものですよ」

（傍点中島）

この一節から、二つのことを考えたいと思います。「先生」から投げかけられた不思議な言葉に対して、学生の「私」は、「罪悪という意味」の一語を連発し、何とかその「意味」を探そうとします。しかし、「先生」は、そうした「意味」を伝えようと考えたわけではありません。「解っていますか」と言っても、じつは説明不可能のこと、自分の実感で理解しなければいけないことであることを、伝えようとしたのです。「意味」を説明してほしいとあせるのでは、実は「意味」は遥かに遠ざかるだけなのです。

それにしても、「恋は罪悪」「そうして神聖なもの」というのは、わたくしたち読者に何という謎掛けをしたのでしょうか。ここで、漱石がこの部分を、実際の原稿用紙にどのように書き記したかを、確かめてみたいと思います。新聞連載の「心《こゝろ》」は、漱石山房原稿用紙（橋口五葉デザインの１９字×１０行の特製です）で全八八五枚、完全な形で残されています。所蔵者の岩波書店から複製も出ており（一九九三年）、わたくしたちは、いながらにして漱石の書き記した文字で、「心《こゝろ》」を読むことができます。朝日に入社した頃は、紙面の一段が十九字でしたので、この原稿用紙を作りました。その後、新聞の一段が十八字になりました。漱石は、十九字目を開けて書くようになりました。「心《こゝろ》」の頃は十七字になっていましたが、漱石は下を一字開けで書き続けました。では、引用した終わりの数行を観察しましょう。

「心《こゝろ》」の連載の一回分は、山房原稿用紙で、ほぼ八枚です。連載小説の場合、毎日一回分を読者が読みます。次を読んでもらうためには、明日はどうなるだろうと読者を引きつける工夫も必要です。つまり、八枚目の終わりの方は、そうした創作技術が巧みに駆使されているのです。漱石は、少し前に書き記した「とにかく恋は罪悪で

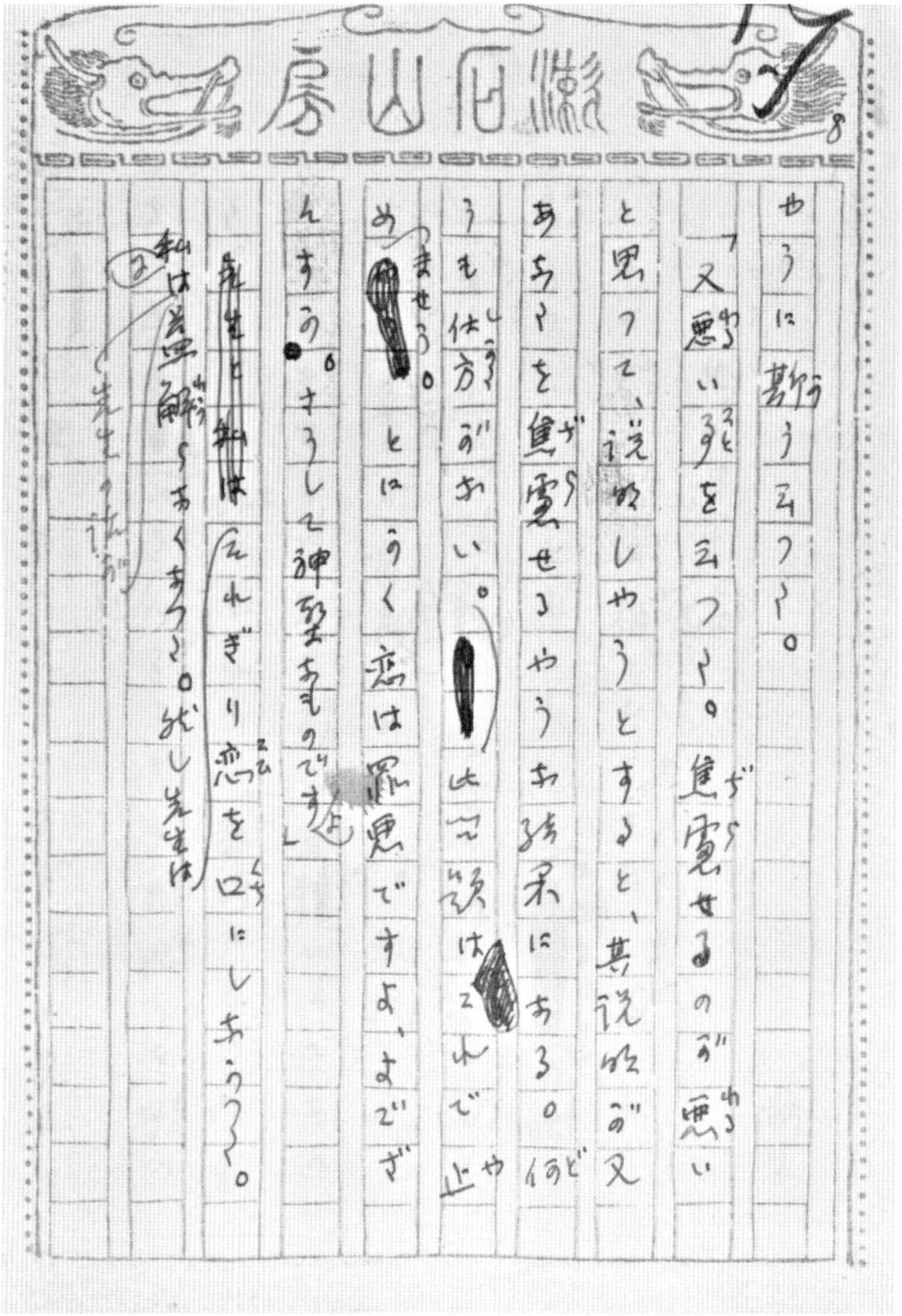

とにかく恋は罪悪ですよ、よござんすか。そうして神聖なものですよ。　上十三

「心」原稿　「先生の遺書（十三）」８枚目

初版本で「先生と私 十三」に当たる最後の一節。文字の大きさ、インクの色などから、加筆修正の秘密がうかがえます。

すよ」を繰り返しました。そして、「よござんすか」と続け、そこで最初は「」」印を書いています（漱石は会話文の終わりに「。」印を付けていません）。しかし、どう思ったのか、「」」印を消して句点をうち、「そうして神聖なものですよ」という、全く「罪悪」と正反対の「神聖」の語を用いた一文を、マス目には入らないくらいの、やや小さめな文字で、書き足したようです。その後は、残された三行に、最後の一節である、「私《わたくし》には先生の話が益《ますます》解らなくなった。しかし先生はそれぎり恋を口にしなかった」が書き記されるのです。「益《ますます》解らなくなった」のは、学生の「私《わたくし》」だけではなく、実はわたくしたち読者なのです。漱石は、この数行で見事な謎掛けをしたと言ってよいでしょう。

漱石の小説が、朝日新聞入社以降、新聞の連載小説であったことは、忘れてはなりません。一回分の最後には、必ず何らかの工夫が見られます。「心《こころ》」以降は、作品本文を読み進み、一回分がどこからどこまでなのかがすぐわかります。それ以前は、例えば「三四郎」の場合、連載八回分で「一」が構成されるので、どこで一回分かは、見ただけではわかりません。一度、親しんだ長編で、どこで一回分が終わるのか推定してみてください。作品を丹念に読み込む練習にもなります。

また、こうした会話がなされたのがどの場所かに注意するのも、面白い読書体験です。作中に、「先生と私《わたくし》とは博物館の裏から鶯渓《うぐいすだに》の方角に静かな歩調で歩いて行った。垣の隙間《すきま》から広い庭の一部に茂る熊笹が幽邃《ゆうすい》に見えた」とあります。上野の東京国立博物館の裏の道は、実は博物館の裏手にあった中学に、わたくしが三年間通った道で、実際に歩いてみると、今でもいつも人気が少なく、いかにも「先生」がこの言葉をつぶやくのにピッタリの場所だと思います。

みんな普通の人間なんです。それが、いざという間際に、急に悪人に変るんだから恐ろしいのです。　上二十八

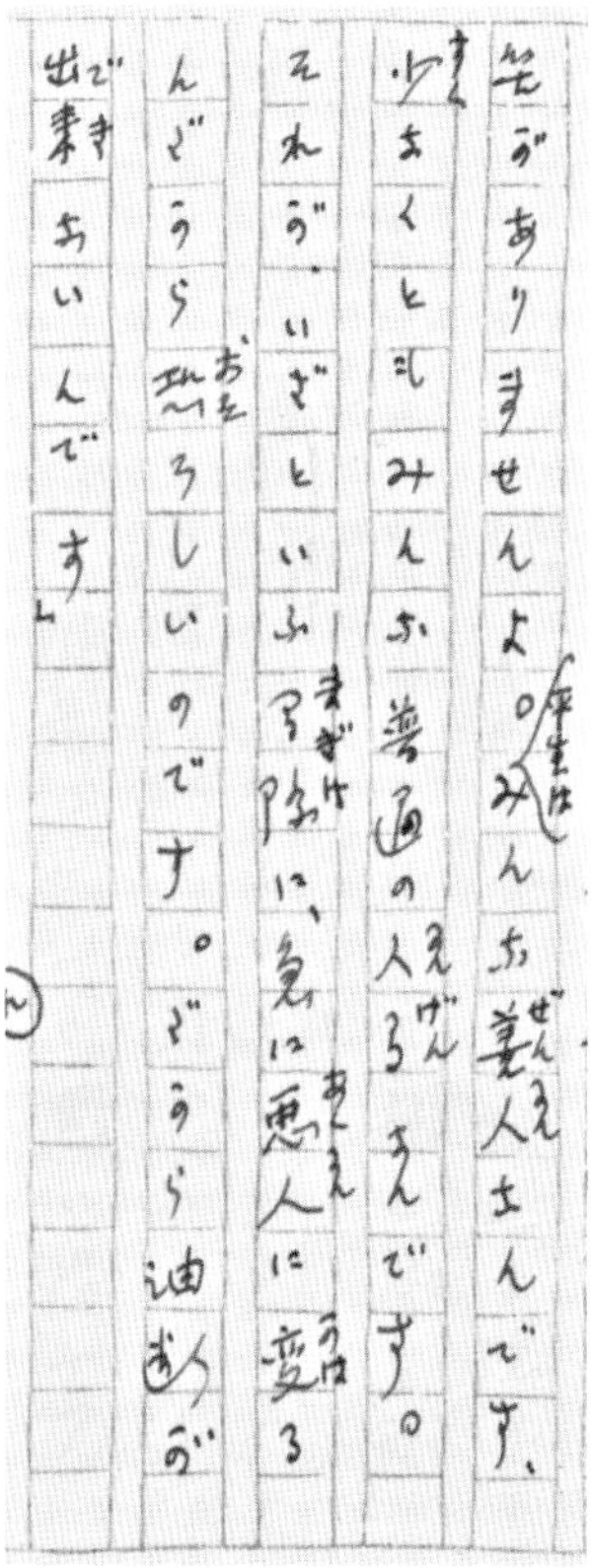

金さ君。金を見ると、どんな君子でもすぐ悪人になるのさ。　上二十九

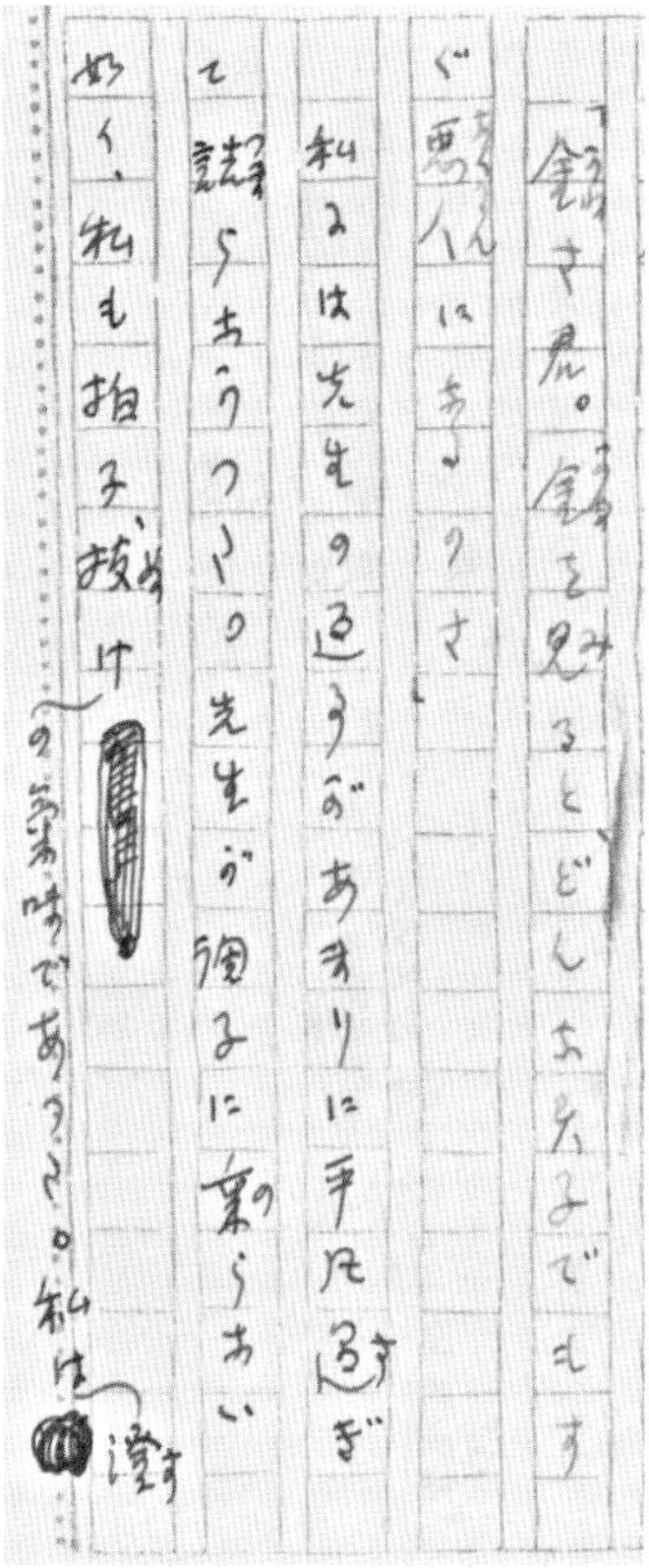

「心」原稿　「先生の遺書（二十八）」7枚目（右）

迷いなく一気に文章が書き継がれています。ペンの動きを確かめてください。

「心」原稿　「先生の遺書（二十九）」5枚目（左）

五、「下 先生の遺書」の意味するもの

「こころ」を読み進めながら、中間部分の「中 両親と私《わたくし》」について、なかなか意味づけられない人も多いと思います。比較的短い中間的な部分で、印象的な一節が少ないからかもしれません。大学（もちろんここでは東京帝国大学ですが）を卒業する人の数は、今のような数字ではないごく少数でしたが、その卒業を喜ぶ地方の両親と比べ、卒業証書を丸める若い「私《わたくし》」との意識の違いは、はっきり読み取れます。ただ、そうした中で、明治天皇の崩御についての父の反応は、「ああ、ああ、天子様もとうとう御かくれになる。己《おれ》も……」（中五）という一節によく示されています。明治を生きてきた両親の年齢と、その意識を考えてみたいと思います。

◎悲劇への道

「下 先生の遺書」を読み進めましょう。叔父が「先生」の財産をごまかしたことを知った時の驚きが語られ、「先生」は人間が信じられなくなります。悪人になるきっかけは、「金《かね》」でした。「こころ」の中で「金」の一語が最初に登場するのはどこだったか、考えてみましょう。「金《かね》さ君。金を見ると、どんな君子でもすぐ悪人になるのさ」と「先生」が苦々しく語るのは、「上二十九」です。もちろん、叔父にごまかされたという体験は、説明がありません。「金」の一語は、不意に登場するのです。

金銭的には不自由のない「私《わたくし》」（ここから「先生」を「私《わたくし》」とします）は、「下十」で、「騒々しい下宿を出て、新しく一戸を構えて見ようか」と考え、「散歩がてらに本郷台を西へ下りて小石川の坂を真直に伝通院の方へ上がり」、少し北に行き、軍人の未亡人の家にたどり着くのです。日清戦争の直後で、まだその頃は、「見渡す限り緑

ああ、ああ、天子様もとうとう御かくれになる。己《おれ》も……　中五

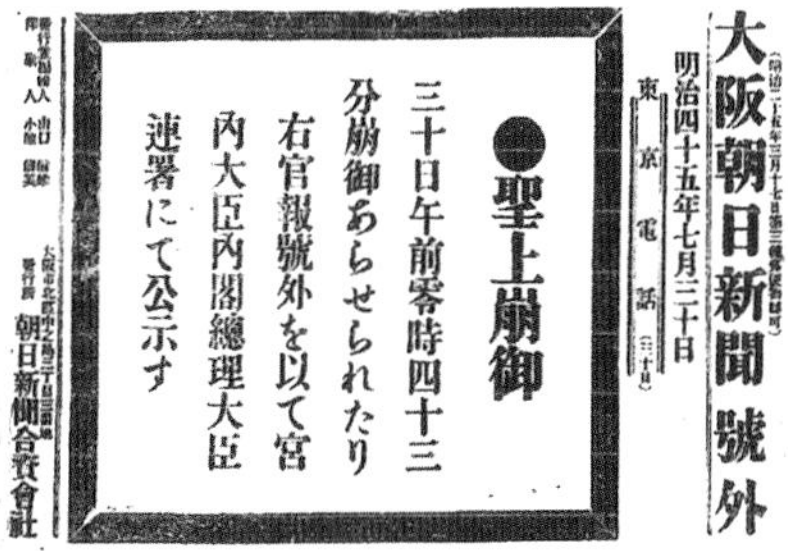

大阪朝日新聞號外

明治四十五年七月三十日

東京電話

●聖上崩御

三十日午前零時四十三分崩御あらせられたり

右官報號外を以て宮内大臣内閣總理大臣連署にて公示す

明治天皇の崩御を伝える

「大阪朝日新聞」号外

1912（明治45）年7月30日

大阪朝日新聞

哀辭

●聖上崩御

三十日午前零時四十三分崩御あらせられたり

大行天皇尊影

●最後の御容體

●天皇大漸の御容體

「大阪朝日新聞」1912年7月30日一面

崩御に至るまでの明治天皇の容態の変化を細かく時間を区切って伝えるこの新聞を、「私」の父も手にしたのかもしれません。

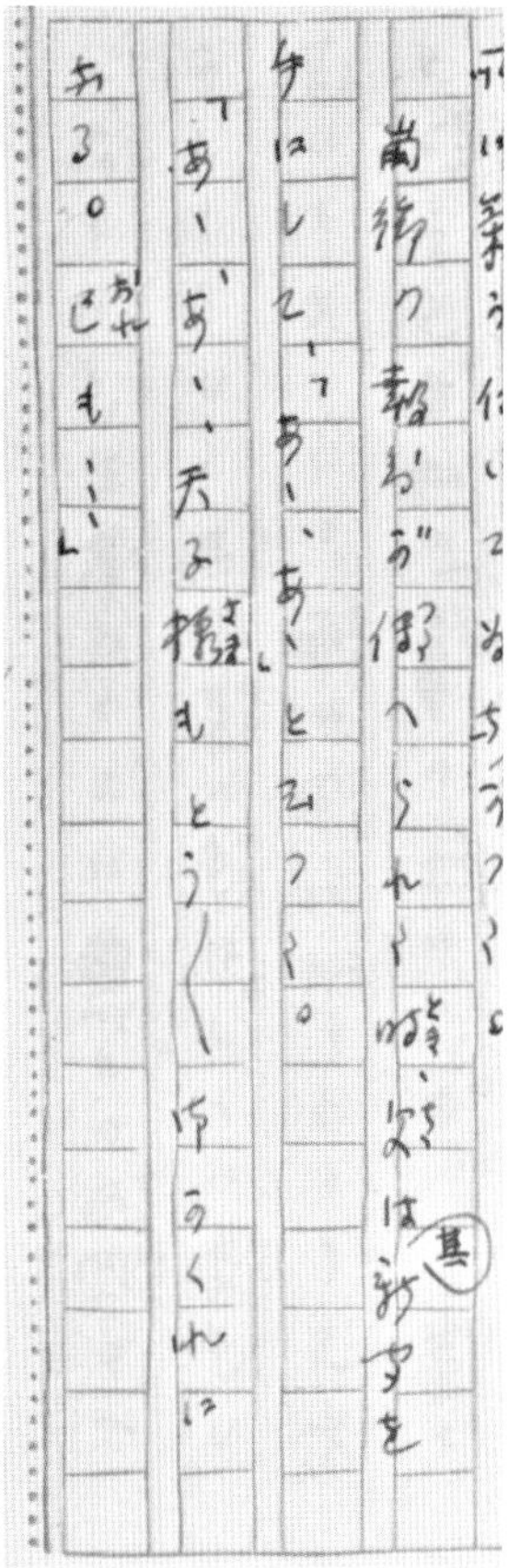

崩御の報知が傳へられた時、父は其新聞を

手にして、「あゝ、あゝ」と云つた。

「あゝ、あゝ、天子様もとう／＼御かくれに

なる。己《おれ》も……」

「心」原稿

「先生の遺書（四十一）」

4枚目

初版本で「両親と私 五」に当たる一節

が一面に深く茂っているだけでも、神経が休まります」という空間でした。当時の資料や写真からも、そうした雰囲気は理解できます。しかし、友人のKを同じ下宿に呼び込み、思いもかけない「お嬢さん」との三角関係が生まれることになります。「神経が休まります」どころではなくなるのです。

「寺に生れた彼は、常に精進《しょうじん》という言葉を使いました。そうして彼の行為動作は悉くこの精進の一語で形容されるように、私には見えたのです」（下十九）という一節に、Kの性格が示されています。わたくしは、この一節に「精進という言葉」とあることに、注意したいと思います。実質的な内容がある「精進」ではなく、「精進という言葉」にとらわれると、その一語を観念的に理解し、それを振り回し、逆に自由な判断ができなくなってしまうのではないのでしょうか。強そうであっても、それは独りよがりなのです。「言葉」の魔力です。

◎「精神的に向上心のないものは馬鹿だ」という言葉

「こころ」を読んだ人の多くは、「下三十」の一節に登場する、強烈な言葉を記憶していると思います。二人が房総旅行に行った時のことです。

たしかその翌《あく》る晩の事だと思いますが、二人は宿へ着いて飯を食って、もう寐《ね》ようという少し前になってから、急に六《む》ずかしい問題を論じ合い出しました。Kは昨日《きのう》自分の方から話しかけた日蓮の事について、私が取り合わなかったのを、快よく思っていなかったのです。精神的に向上心がないものは馬鹿だといって、何だか私をさも軽薄もののように遣り込めるのです。

自信に充ちた言葉ですが、実はこれが大変なことを引き起こすのを、読者は知っています。教科書の本文は「下三十六」からのことが多いのですが、それは「お嬢さんに対する切ない恋」をKが打ち明けるシーンから始まります。

私《わたくし》は彼の魔法棒のために一度に化石されたようなものです。口をもぐもぐさせる働《はたらき》さえ、私にはなくなってしまったのです。

その時の私は恐ろしさの塊りといいましょうか、または苦しさの塊りといいましょうか、何しろ一つの塊りでした。石か鉄のように頭から足の先までが急に固くなったのです。呼吸をする弾力性さえ失われた位に堅くなったのです。　（傍点中島）

まず、それまでにはあまり見られなかった見事な比喩が、印象的です。二人の微妙な関係は更に進み、その間「私《わたくし》」は、考え考えして、どうしたらよいか悩みます。読者は、自分ならどうするかを考えながら、読み進んで行くのです。

「私」はKを大学の図書館から上野公園に誘い、一気に攻勢に出ます。「下四十一」には、こうあります。

私《わたくし》は先《ま》ず「精神的に向上心のないものは馬鹿だ」といい放ちました。これは二人で房州を旅行している際、Kが私に向って使った言葉です。私は彼の使った通りを、彼と同じような口調で、再び彼に投げ返したのです。しかし決して復讐ではありません。私は復讐以上に残酷な意味を有《も》っていたという事を自白します。私

はその一言《いちごん》でKの前に横たわる恋の行手《ゆくて》を塞ごうとしたのです。（中略）
Kは昔しから精進という言葉が好でした。私はその言葉の中に、禁欲という意味も籠っているのだろうと解釈していました。しかし後で実際を聞いて見ると、それよりもまだ厳重な意味が含まれているので、私は驚きました。道のためには凡《すべ》てを犠牲にすべきものだというのが彼の第一信条なのですから、摂欲や禁欲は無論、たとい欲を離れた恋そのものでも道の妨害《さまたげ》になるのです。（中略）
「精神的に向上心のないものは、馬鹿だ」
私は二度同じ言葉を繰り返しました。そうして、その言葉がKの上にどう影響するかを見詰めていました。
「馬鹿だ」とやがてKが答えました。「僕は馬鹿だ」

「私《わたくし》」の言葉の最後で「馬鹿だ」の前に読点をうち、ひと呼吸していることに、注意してください。言葉が凶器にもなるさまを見て、読者は驚きます。「精進という言葉」という表現も出てきます。「道のためには」という表現も、今となってはどういうことになるかと思います。「下四十二」には、「覚悟」という一語も出てきます。Kの「覚悟」の意味を、どうやら「私《わたくし》」は読み違えたのです。精神に余裕のない時は、しっかりした判断はできません。わたくしたち読者は、そうした現実を前にし、立ち止まってしまうのです。

◎「いびつな円」というイメージ

「私《わたくし》」は、Kを出し抜いて、結婚の申込みをしてしまいます。しかし、Kのことを考えると、いたたまれなくなります。「下四十五」「下四十六」の一節は、東京の街を歩く「私《わたくし》」の心理と行動を、こう描きます。

私の眼は長い間、軍服を着た乃木大将と、それから官女見たような服装《なり》をしたその夫人の姿を忘れる事が出来なかった。　中十二

大阪朝日新聞號外
大正元年九月十四日
東京電話（十四日）
●乃木大將の遺書
乃木大將は短刀を逆手に持ち右より左に掛け咽喉を切り夫人は左の乳下を心臓に達する迄突けり石黒男宛遺書は死後に於て死體を醜からぬ樣せられたしとの意味にて別に親交あるにあらねど男は軍醫總監なるが爲なり此の遺書ある爲檢視する能はず家人は石黒男を捜し居れど今に見當らず心配中なり又他に遺書一通あり宛名不明なれども聞く所に據れば陛下に奉りしものにて殉死の申譯なりと云ふ尚大將は午前八時自動車にて家を出て伏見宮邸にコンノート殿下を見舞ひ後參内して歸宅し（時間不明）其の後外出せざりき大將は女中おかれ及び二人の馬丁に御葬列拜觀に行くべき旨を命じ其の後に於て自殺せしやにて書生太田某（？）が發見したるものなりと
●乃木大將自殺別報
乃木邸に驅附け居たる學習院附村上軍醫正曰く閣下は陛下の崩御以來哀悼の極今日（十三日）退下して歸邸せらるゝや使用人等は皆拜送に出し遣り一室に閉籠りて午後八時弔砲第一發を合圖に其の部屋に於て切腹せられたり遺書及び檢視依頼狀等あれど對手人は目下御葬列に加はり居れば御葬儀の濟むを待ち居る次第なりとて其の他多くを語らず又坂本赤坂警察第十三中隊警部補の語る所は少しく之に異れり同氏は午後八時過ぎ赤坂區新坂町五十五番地を警衞し居りしに乃木大將邸に於て女中の泣喚く聲の聞ゆるに何事ならんと驅附見たるに女中は同邸二階日本室の座敷の戸を必死に引き明けんと焦し居たり依つて同警部補は協力して内部より錠を掛けたる座敷を開き見たるに乃木大將は此の日宮中より歸邸せられたるものと見え大禮服の上着を脱してシャツ一枚、夫人しづ子（五十三）は白襟黑紋附にて鋭利なる日本刀を以て刺違ひ其處に打伏して見事に絶切れ居たる有樣を見て同警部補は大に驚きたるも自分は御大喪にて長野縣より應援として上京したるものなれば勝手判らず兎に角電話を以て赤坂署へ急報したれば時を移さず本堂赤坂署長は國江醫師を從ひ同邸に急行せしも既に絶切れし後にて施さん術もなく御大喪の式全く了るまで堅く祕し居る次第なりと
發行所 朝日新聞合資會社

乃木大将の自殺を伝える「大阪朝日新聞」号外

1912（大正元）年9月14日

「国民新聞」号外と乃木大将の肖像を組み合わせて作られた絵はがき。個人蔵

自殺当日の乃木夫妻

9月13日午前8時10分に乃木邸の玄関と居間で、写真師秋尾新六によって撮影された写真は、その後新聞にも公開され、読売新聞社からは4枚組の絵はがきセットとして販売されています。これはその際の3枚です。個人蔵

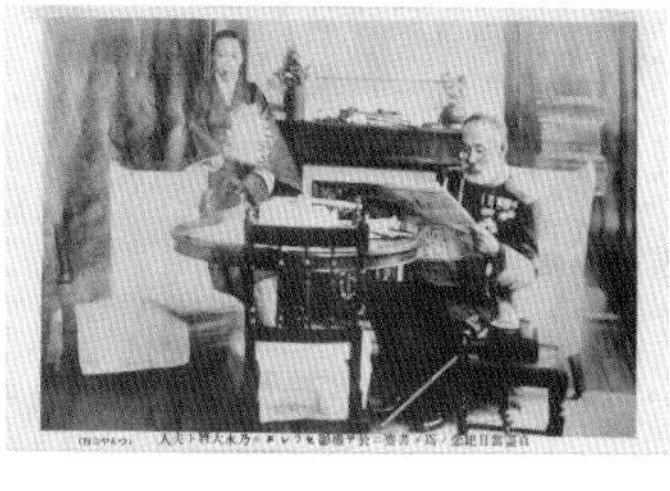

私《わたくし》はとうとう帽子を被《かぶ》って表へ出ました。そうしてまた坂の下で御嬢さんに行き合いました。何にも知らない御嬢さんは私を見て驚いたらしかったのです。私が帽子を脱《と》って「今御帰り」と尋ねると、向うではもう病気は 癒《なお》ったのかと不思議そうに聞くのです。私は「ええ癒りました、癒りました」と答えて、ずんずん水道橋《すいどうばし》の方へ曲ってしまいました。

私は猿楽町《さるがくちょう》から神保町《じんぼうちょう》の通りへ出て、小川町《おがわまち》の方へ曲りました。私がこの界隈を歩くのは、何時《いつ》も古本屋をひやかすのが目的でしたが、その日は手摺のした書物などを眺める気が、どうしても起らないのです。私は歩きながら絶えず宅《うち》の事を考えていました。(中略)

私はとうとう万世橋《まんせいばし》を渡って、明神《みょうじん》の坂を上って、本郷台へ来て、それからまた菊坂《きくざか》を下りて、しまいに小石川の谷へ下りたのです。私の歩いた距離はこの三区に跨《また》がって、いびつな円を描いたともいわれるでしょうが、私はこの長い散歩の間殆んどKの事を考えなかったのです。

(傍点中島)

漱石の作品には、東京の「山の手」を中心に固有名詞がたくさん出てきます。東京に住んでいる人でも、そうした名前を聞き、土地勘が生まれることは、少ないかもしれません。わたくしは、「こころ」のこの一節と同じルートを、実際に歩いてみたことがあります。一時間足らずでしたが、この「いびつな円」には、坂を下ったり上がったりの、かなりの起伏があることに驚きました。変化の多い行動と心理がこのように密接に関係している小説の一節を、わたくしは他に知りません。この事実を知った時、わたくしの中で小説を読む興味が一気に増大したことを覚えています。

私の座敷には控えの間というような四畳が付属していました。　下二十三

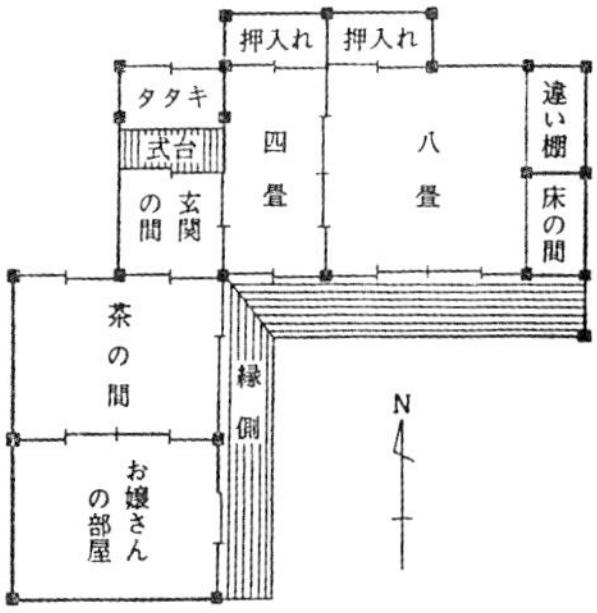

「先生」の下宿の推定図

作品から読み取れる間取り
玉井敬之『漱石研究への道』(1988年6月、桜楓社)

私の歩いた距離はこの三区に跨がつて、いびつな円を描いたともいわれるでしょうが　下四十六

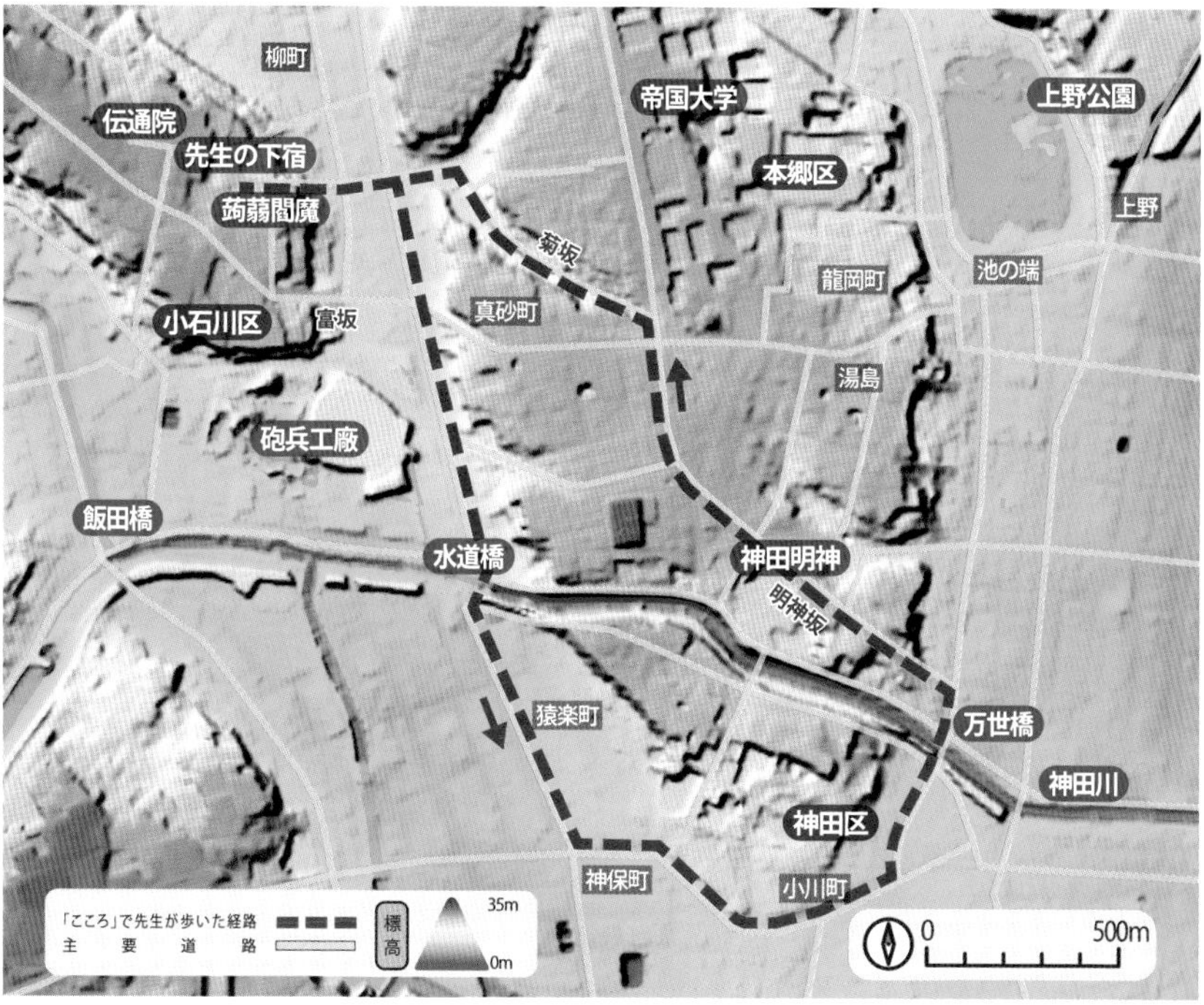

「私《わたくし》」の歩いた地域の高低差を示した凸凹地図（東京地図研究社作製）

日清戦争直後の東京を再現しています。点線が歩いた経路です。三区（小石川・神田・本郷）にまたがる「いびつな円」をたどり、高低差を感じてほしいと思います。

※地図の作製にあたっては国土地理院発行の基盤地図情報を使用した。

渡辺華山は邯鄲《かんたん》という画《ゑ》を描《か》くために、死期を一週間繰り延べたという話をつい先達て聞きました。

下五十六

漱石みずからが装丁した『こゝろ』初版本

1914（大正3）年9月、岩波書店

いくつもの表記や字形を使い分け、書名を記しています。あたかも、心が絶えず変化することを告げるかのように。

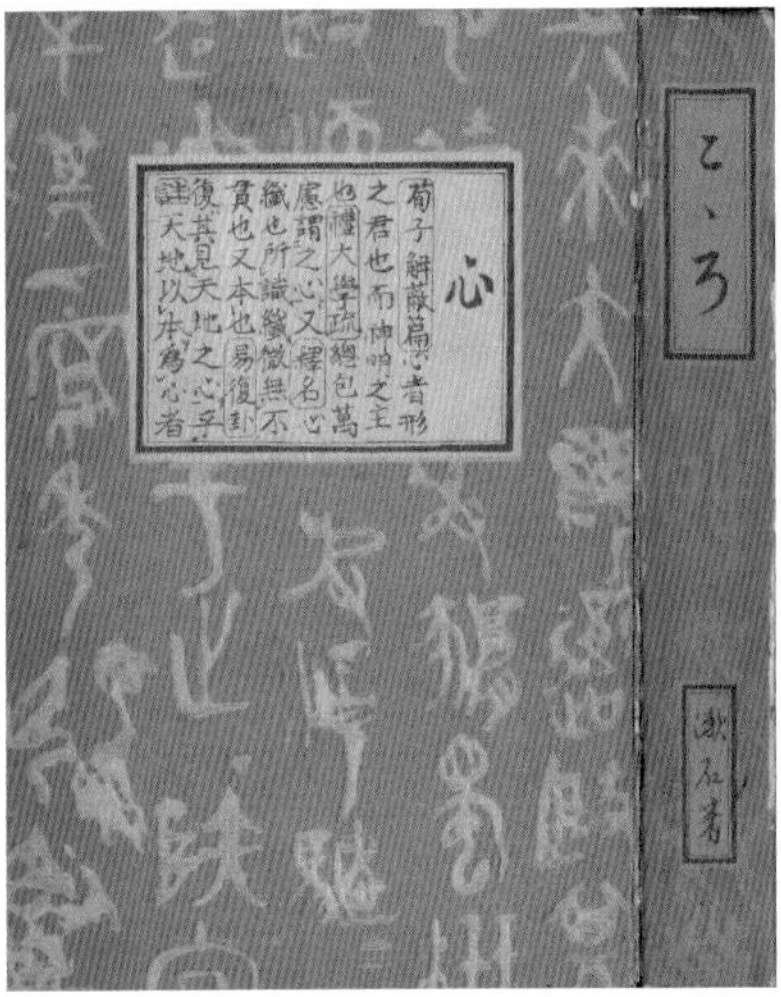

表紙・背表紙

朱色の文字は、中国の「石鼓文《せっこぶん》」からとられています。

函

渡辺崋山「黄粱一炊図」

1841（天保12）年　個人蔵

田原藩家老で画家・蘭学者として知られる渡辺崋山（1793-1841）は、1839（天保10）年の蛮社の獄により幕府に捕らえられ、その後切腹することになります。最後の作品がこの絵でした。

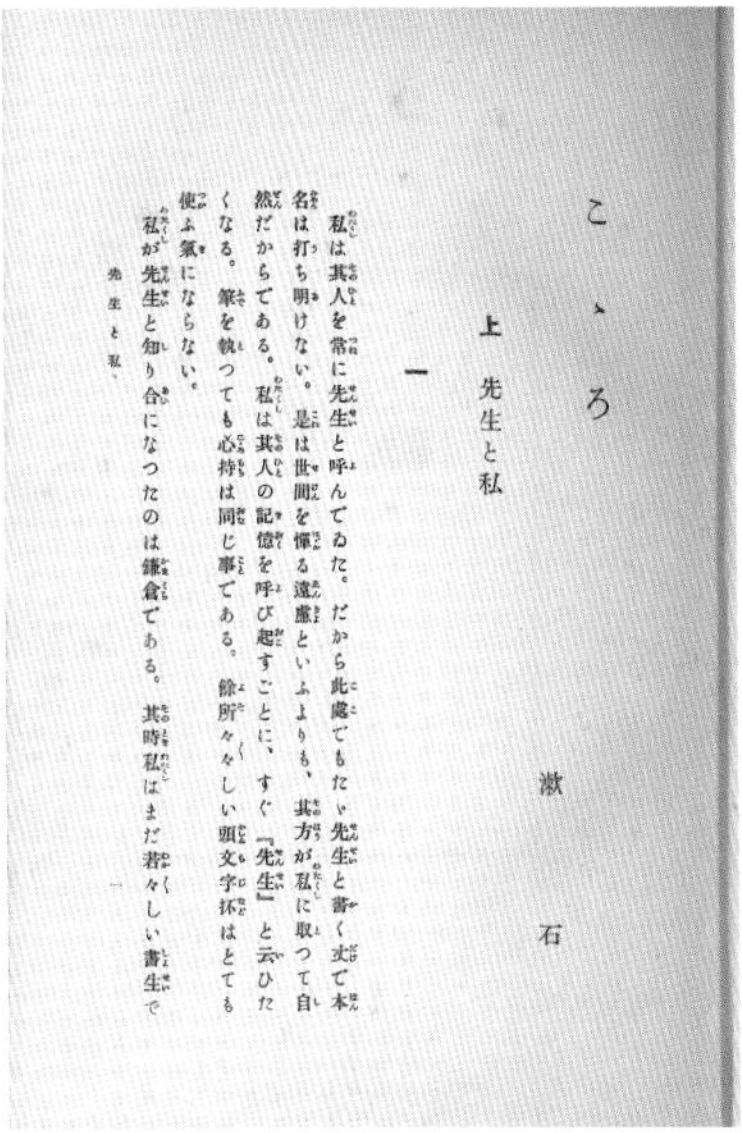

こゝろ　漱石

上　先生と私

一

私《わたし》は其人《そのひと》を常《つね》に先生《せんせい》と呼《よ》んでゐた。だから此處《こゝ》でもたゞ先生《せんせい》と書《か》く丈《だけ》で本名《ほんみやう》は打《う》ち明《あ》けない。是《これ》は世間《せけん》を憚《はゞか》る遠慮《えんりよ》といふよりも、其方《そのはう》が私《わたくし》に取《と》つて自然《しぜん》だからである。私《わたくし》は其人《そのひと》の記憶《きおく》を呼《よ》び起《おこ》すごとに、すぐ『先生《せんせい》』と云《い》ひたくなる。筆《ふで》を執《と》つても心持《こゝろもち》は同《おな》じ事《こと》である。餘所々々《よそ/\》しい頭文字《かしらもじ》抔《など》はとても使《つか》ふ氣《き》にならない。

私《わたくし》が先生《せんせい》と知《し》り合《あひ》になつたのは鎌倉《かまくら》である。其時《そのとき》私《わたくし》はまだ若々《わか/\》しい書生《しよせい》で

先生と私　一

冒頭部

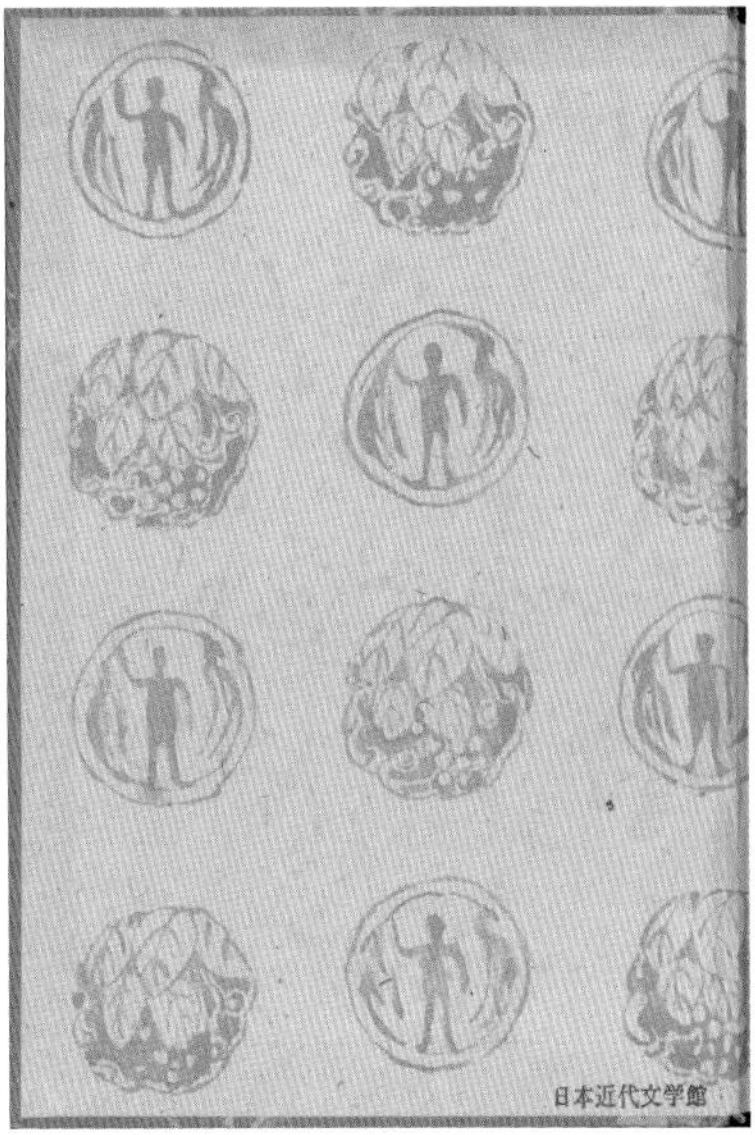

見返し

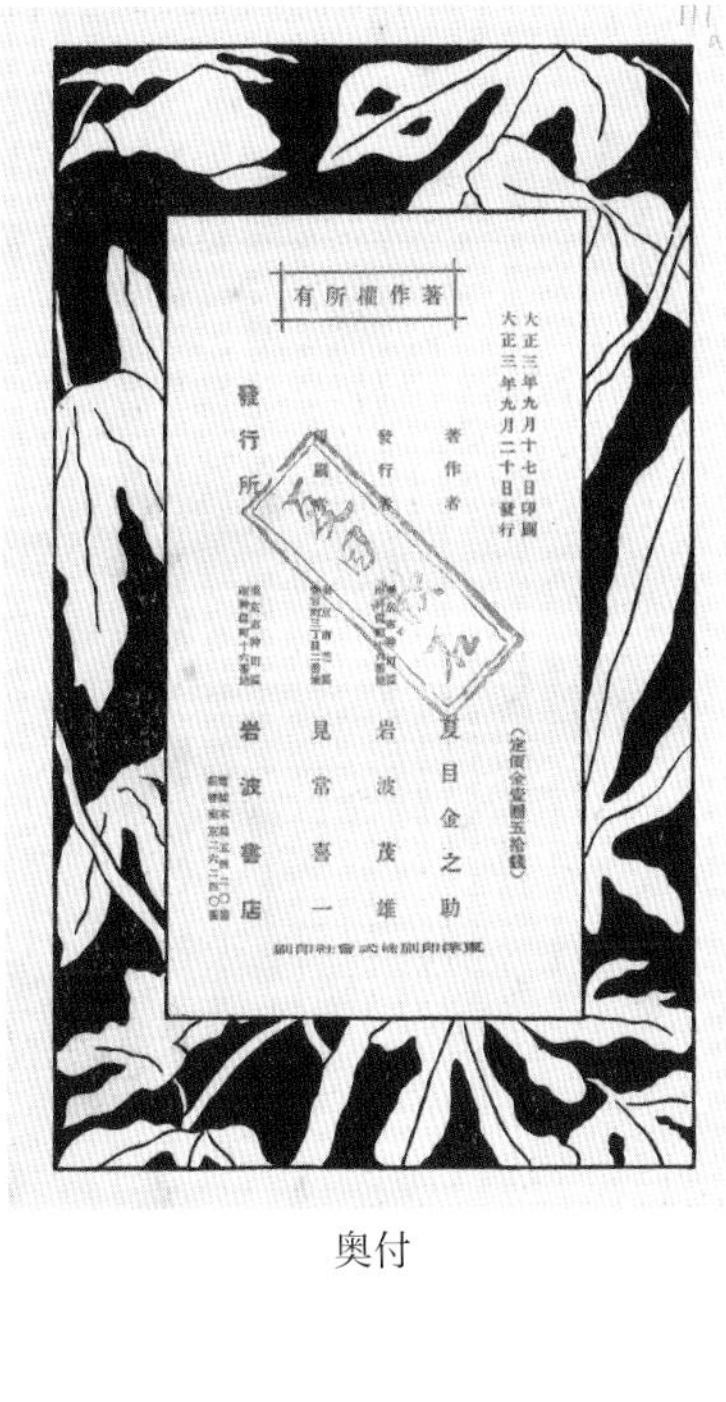

著作權所有

大正三年九月十七日印刷
大正三年九月二十日發行
（定價金壹圓五拾錢）

著作者　夏目金之助
發行者　岩波茂雄
印刷者　見常喜一
發行所　岩波書店

東洋印刷株式會社印刷

奥付

見返し裏に施されたデザイン（記されたラテン語は「芸術は長く人生は短い」の意）

とびら

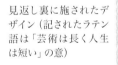

◎「明治の精神」とは何か

遺書を書き記した「私《わたくし》」は、「下五十五」で、「記憶して下さい。私《わたくし》はこんな風にして生きて来たのです」と静かに叫び、決心した自殺の理由に関連して、「明治の精神」という言葉を用います。

すると夏の暑い盛りに明治天皇が崩御になりました。その時私は明治の精神が天皇に始まって天皇に終ったような気がしました。最も強く明治の影響を受けた私どもが、その後《あと》に生き残っているのは必竟時勢遅れだという感じが烈しく私の胸を打ちました。

「明治の精神に殉死する」（下五十六）という説明はあるのですが、これだけでは自殺の理由にはなりません。Kはなぜ自殺したのかは、ある程度説明できますが、「私」の自殺の理由は、作品の表現からは説明できない、と考える人も多くいます。遺書で、「上 先生と私《わたくし》」の謎解きが、かなりの部分明らかになったことは確かです。しかし、遺書はすべてを説明してくれません。作品の「意味」を無理矢理に決めつけること、そうしたことを性急に要求することは、「こころ」という作品の持つ本質から離れてしまうのではないか、とも思えます。

「私《わたくし》」は、「私《わたくし》は妻《さい》には何にも知らせたくないのです」と最後に記します。妻への配慮とも読めますが、そうしたことを考えてすべてを明らかにしないということに、疑問を持つ人もいます。「こころ」は発表から一〇〇年以上たっても、絶えず解決不能な問題を投げかけています。安易に結論を出すのではなく、問題の所在を絶えず確認すること、それに誠実に向き合うことこそ、「心を捕へる」ことであるかもしれません。

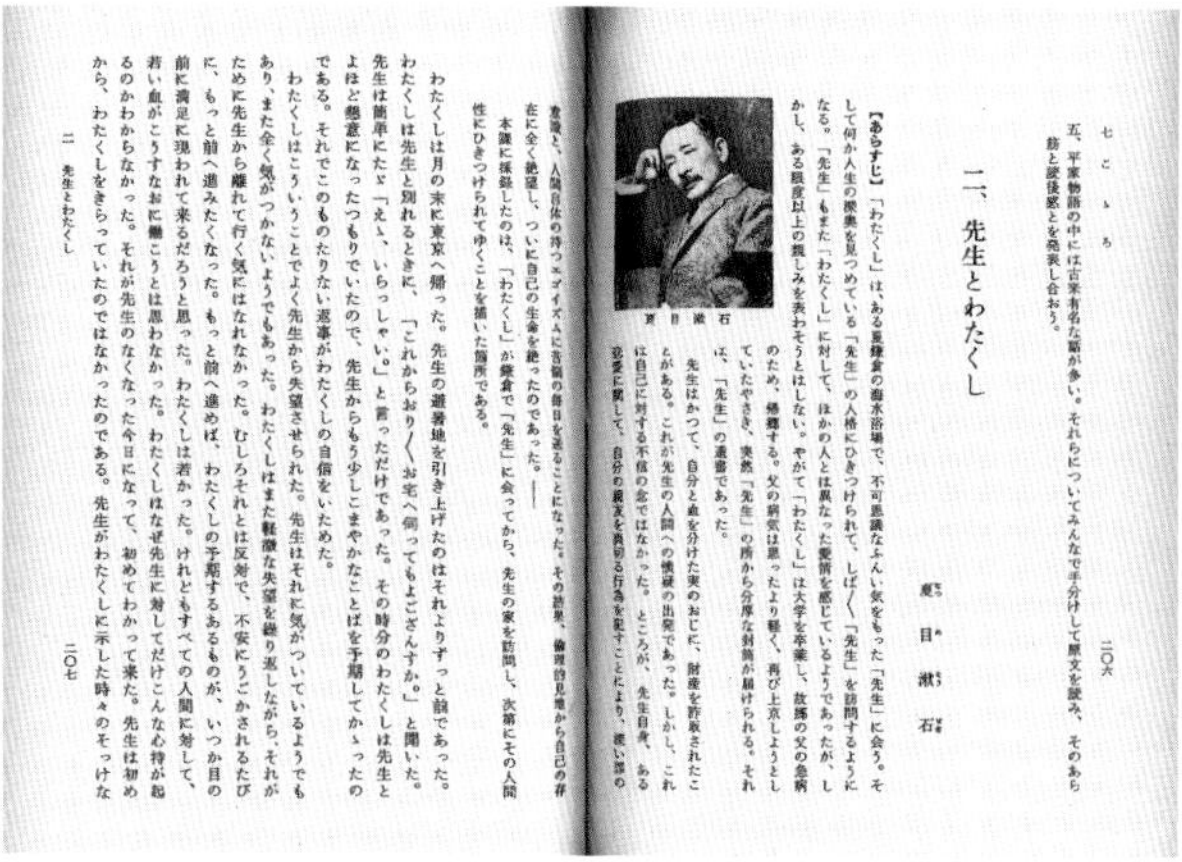

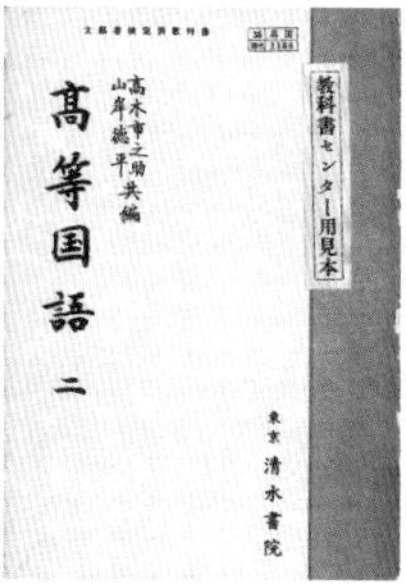

高木市之助・山岸徳平編『高等国語 二』

1956（昭和31）年、清水書院 教科書図書館蔵

初めて「こころ」を掲載した高校国語教科書。「こころ」全体のあらすじを紹介したうえで、鎌倉での先生との出会いののち、先生の家を頻繁に訪れるようになる場面と雑司ヶ谷霊園の場面を掲載しています。1957年より使用。

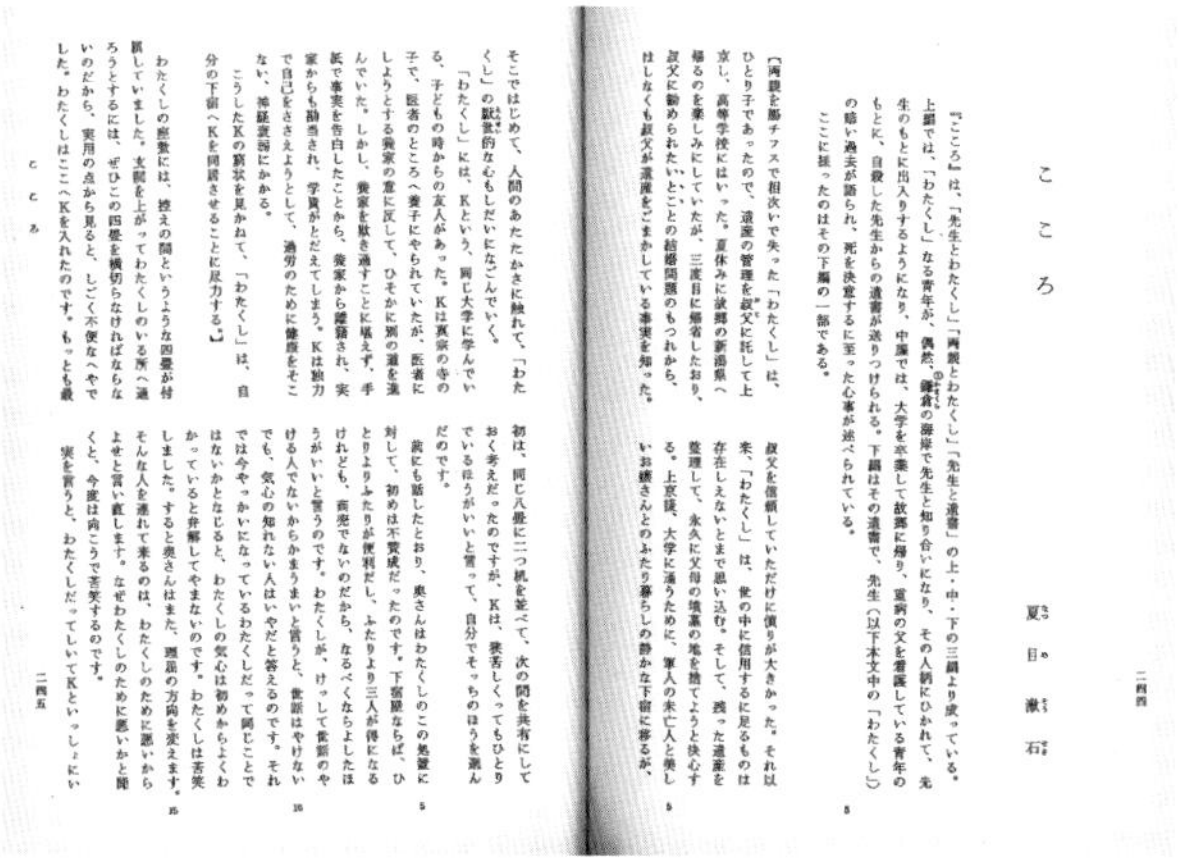

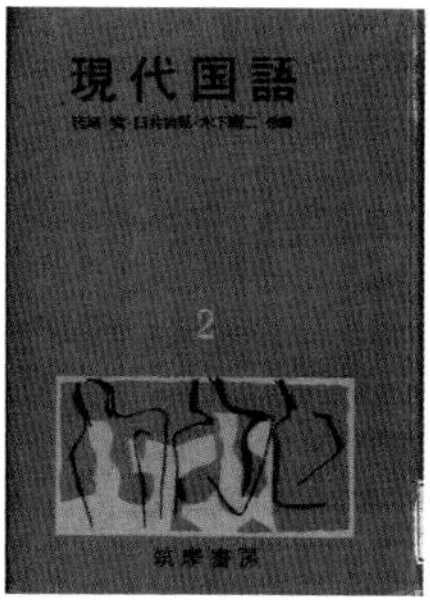

西尾実・臼井吉見・木下順二ほか編『現代国語 二』

1963（昭和38）年、筑摩書房 教科書図書館蔵

教科書への初登場の7年後には、今日の国語教科書でおなじみになった「先生と遺書」の場面が登場します。1964年より使用。

《北村薫さんインタビュー》

良き羅針盤としての教科書

●**北村薫** きたむら・かおる
一九四九年埼玉県生まれ。早稲田大学卒。八九年『空飛ぶ馬』でデビュー。『夜の蝉』で日本推理作家協会賞、『ニッポン硬貨の謎』で本格ミステリ大賞、『鷺と雪』で直木三十五賞を受賞。二〇一六年、日本ミステリ文学大賞を受賞した。小説に『六の宮の姫君』『スキップ』『覆面作家は二人いる』『いとま申して』等があり、『北村薫のうた合わせ百人一首』『ユーカリの木の蔭で』等、エッセイ、アンソロジー編纂の仕事も数多い。

――先生は高校時代、『羅生門』『山月記』『舞姫』『こころ』の授業を受けられましたか。個々について、その思い出をお聞かせください。

北村：『羅生門』は多分やったと思うのですが、ほとんど授業の記憶はありません。『山月記』と『こころ』はやりませんでした。夏目漱石でやったのは『それから』でしたね。『舞姫』についてはよく覚えています。先生から冒頭の読みを指名され、朗々と読み上げるのがとても気持ち良かったです。文章に難しさはあるかもしれませんが、そうした文体に親しむことも大切だと思います。

――国語の教科書に出ていた他の近代文学作品で、ご記憶に残っているものはありますか。

北村：記憶に残る文学作品は中学時代に多く、森鷗外の『山椒大夫』の硬質な文体には、中学生ながらに魅せられました。太宰治の『走れメロス』を授業でやった際、よいと思った表現を抜き出せと先生に言われて、「初夏、満天の星である」という一文を選んだところ、褒めてもらえたことも印象深いです。また、夏休みの宿題帳にあった萩原朔太郎の『蛙の死』という詩の印象が強烈でした。こんな詩もあるのかと魅せられて、彼の詩集は座右の書として繰り返し読みましたね。それ以外にも詩は、教科書のものもよく一人で暗唱しました。教科書が出会いの場となったわけです。

――先生が高校生時代に愛読していた近代作家を教えてください。また、特に感銘を受けた作品はございますか。

北村：やっぱり太宰治ですね。太宰については、みんなが言うことですが、作品を読むとこれは俺のことだというふうに思ってしまう。思わせてしまうのです。特に感銘を受けたのは『人間失格』ですが、私もこれを読んだ時には、同じように思ったところはありました。

そういう太宰の扱っている心の動きというのは普遍的なものがあって、若者を惹きつける。それから何と言っても、あの融通無碍な、見事な文章の魅力がありますね。非常に魅力的な文章で人を捕まえる。没後七十数年が経つ現在でも絶大な人気を誇っていることも頷けます。

――先生が国語の教師を志望された理由は何ですか。教師をされていたお父様の影響も強かったのでしょうか。

北村：教えるということ、わからないことを整理してわかるように伝えるということを面白いと思いました。もちろん、父が教師だったことから、その職業を身近なものと感じていました。今は、親が教師だと子は教師にならないというケースが増えていると聞きます。労働環境の面などで苦労している親の姿を見てのことのようですが、とても残念です。ただ、これは国語の教師に限りませんが、教科書で教えることのバックボーンとしてたくさんの本を読んでくれる、そういう子が教壇に立ってほしいと思います。

――先生は教師時代に、先述した四作品をすべて授業されましたか。個々について、作品の魅力と授業の思い出を語ってください。

北村：どれも面白くて印象深いものです。例えば『こころ』ですが、恋愛問題が出てくることから若い世代にもわかりやすいだろうということとあわせて、非常に教材に適している面があります。教員が様々に見得を切れる、やりがいのある教材と言えるでしょう。今はほとんどの教科書で同じ場面、すなわちKが自殺する場面を取り上げているそうですが、私はもっとその前のやり取りのところも扱ったほうが生徒に色々と考えさせることができてよいと思います。

その点、『羅生門』は全文が掲載されているのがよいですね。テーマの解釈がいくつもあること。読み方は人によって違うというのが面白い。教師も楽しんで教えることができます。

『山月記』は、教える側にも教わる側にも近い。『名人伝』よりも直接的で、誰にでもわかるところが特徴と言えます。一つ思い出深いエピソードがあります。私が授業を終えると廊下で生徒が待っていて、「先生、僕は『山月記』を原稿用紙に全文書き写しました。そして、泣きました」と言うのです。これはやはり、国語教師として授業をやってよかったと思うところですね。

そして『舞姫』は、補助線をいかに出すか。教科書に加えて何を出すかが重要です。落語家さんが師匠に習ったとおりに落語をやってもつまらないもの。まず師匠に習うけれども、それを自分でどのように演出していくかというのが落語家の醍醐味です。同様に、いかにして教材を自分のものにして演じるかが国語教師の楽しみであり醍醐味と言えます。国語の授業は余談の面白さです。余談の引き出しをどれぐらい持っているかということも大切な要素なのです。

――これらの四作品は、高校国語教科書によく採録される「定番小説四天王」と言われますが、数多くの名作の中で、これらが定番教材となっている理由をどのようにお考えですか。

北村：適当な長さで、それぞれの文体を持っていること。教えやすく教わりやすいが、それだけで終わらず、教師が技を見せられる教材でもあります。

もし、私が仮に高校の国語教科書を自由に採択できるとしたら、芥川や漱石のエッセイなんかを入れるのも面白いと思いますね。長さの点とか受け入れやすさの点を考えても適しているのではないでしょうか。非常に深みのあるものもありますし。

――高校国語の新学習指導要領では、二年次に「文学国語」と「論理国語」の選択となり、生徒が文学作品に親しむ機会が減るのではないかと危惧されています。先生は、教科書で文学作品に触れることの重要性をどのようにお考えでしょうか。

北村：未読の作に触れる機会を与えてくれる。本好きの人間には、良き羅針盤となってくれるのはもちろんですが、そうでない人にとっても、だからこその意味を持ちます。運動嫌いの人間にも、成長期の体育が後々役立つように、当人にも明確にわからない形で骨肉となります。言わば、「国語の体力」をつけているわけです。携帯電話の短文しか目にしない人間にこそ、教科書の国語は大切です。親の意見は鼻で笑っても後々効くといいますが、そういうことでしょう。

――本日はありがとうございました。

あとがき

安藤　宏

高校の国語の現場では、いつの頃からか、「定番教材」という用語が定着しています。教科書の編纂にあたっては、どの出版社も様々な独自教材を発掘するための努力を惜しまないわけですが、それらが長い時間のうちに淘汰され、支持のあるものだけが生き残り、評価の定まった「定番教材」として定着していくことになるわけです。

今日、高校の国語教育では、一年で芥川龍之介の「羅生門」、二年で中島敦の「山月記」と夏目漱石の「こころ」、三年で森鷗外の「舞姫」を扱うのがいわば常識になっていますが、これは別に文科省の指導要領に定められているわけではありません。いずれも長い時間をかけて「定番教材」になり、国民的な存在に成長してきたものなのです。その意味でも教科書は何をもって一国の「古典」とするかという、その規範を無意識に我々の内に根付かせていく、大きな力を持っているわけです。

本書に取り上げた四作品は、その意味でも、いわばわれわれの共有財産とでも言うべきもので、多くの人は本書を手に取った時、教室でこれらの小説に出会った時の衝撃や興奮を懐かしく思い出すことでしょう。ご覧いただいておわかりのように、いずれの作品も実に様々な歴史的背景、執筆された時のいきさつや舞台裏があり、さらには発表後、様々な形で受容され、「定番教材」になっていった歴史があります。こうした背景を豊富な資料や画像によって提供することにより、近代文学を一個の「文化」として振り返ってみよう、という点に本書の目的がありました。

さきほど、評価の定まった定番教材、という言い方をしましたが、一方で、様々な読み方、解釈が可能であることが名作の条件でもあり、その表現はわれわれ読者に多くの魅力的な謎かけをしてくれます。かつて教室で触れた時とはかなり異なる解釈のあることを知り、あらためてもう一度読み返してみたくなった、という読者も多くいることでしょう。それもまた、一つの小説が「古典」として生き続けていくために、必ず通るプロセスなのです。

一方で、ここ数年、こうした文化の創造に逆行するような動きも出てきています。たとえば平成三〇年三月、文部科学省によって告示された、高等学校「国語」の「新学習指導要領」もその一つです。今回の改訂で従来の「国語総合」(高校一年)が「現代の国語」と「言語文化」に、「現代文」(高校二・三年)が「論理国語」と「文学国語」に分かれることになり、「文学的な文章」は「言語文化」と「文学国語」だけで扱うことになりました。単位数の関係から「論理国語」と「文学国語」を共に選択するのが困難な事例が増え、結果的に「文学国語」を履修しない学校が増えていくことが予想されています。つまり今後、「こころ」や「舞姫」を教室で扱わないまま卒業していく生徒が増える事態も想定しなければならなくなったわけです。背景にあるのは社会に出てすぐに役立つ「実用国語」化の動きで、結果的に長年にわたって育まれてきた文化が崩壊してしまうのだとしたら、こんなに残念なことはありません。

本書は文学館の四回にわたる展示をもとに編集したものですが、それぞれの展示で現場の高校の先生方とのセミナーが開催されました。それに出席した折、ある先生から大変印象的なお話をうかがいました。「舞姫」は太田豊太郎が異国の地で恋人エリスを棄て、立身出世のために帰国する物語ですが、教室で男子生徒が豊太郎、女子生徒がエリスに扮し、それぞれの心情を主張し合ってみたところ、授業が大変盛り上がったそうです。たしかに女性主人公の視点に立ってみると、本文に書かれた豊太郎の告白とは異なるもう一つの物語が見えてくることでしょう。教室で小説を読む、という行為は、様々な視点や立場から物事を捉え直してみる格好のトレーニングの場でもあり、登場人物の心情に思いを馳せ、それまで気づかなかった価値観、世界観に出会うドラマでもあります。現実の社会に出ると、そこには一見理解しがたい価値観や思想がひしめいているわけですが、こうした〝訳のわからなさ〟と共存していくためには、他者の心情を思いやる経験がとても大切になってきます。「読解力」の養成とは、まさにこうした知性を養う場でもあるはずなのですが、近年の風潮として、「実用」「情報」という概念がともすれば一人歩きをし、「文学」が実社会には関わりのない閉域に囲い込まれていく風潮がますます強くなっています。

本書は、あらためてこうした世の中の動きに警鐘を鳴らし、教室で名作を共有することの意義、それを後年になっても懐かしく思い返し、互いに文化として共有していくことの大切さを強く訴えることを目的にしています。これを機に、近代文学の名作が様々な角度から見直され、「文学」に触れる面白さが再認識されていくことを願ってやみません。

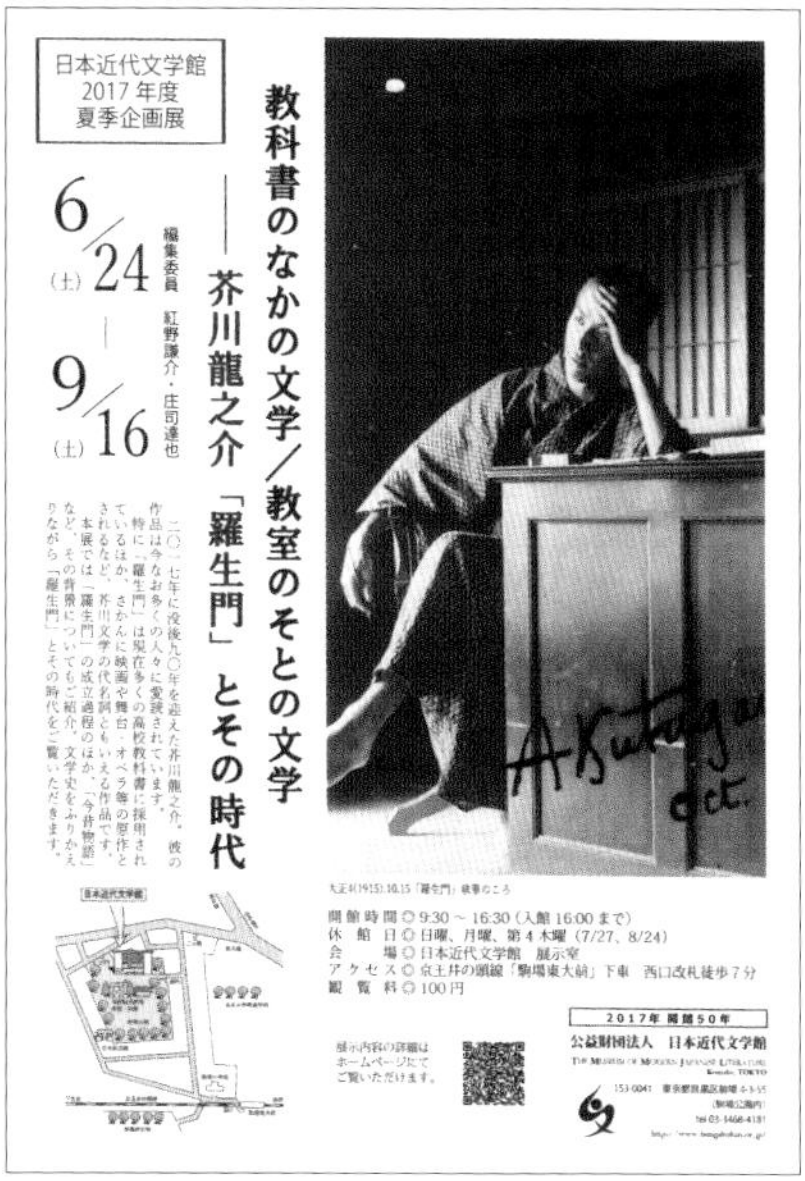

日本近代文学館「教科書のなかの文学／教室のそとの文学」展覧会チラシ

中島　国彦（なかじま・くにひこ）

早稲田大学名誉教授

著書に『近代文学にみる感受性』（筑摩書房）、『漱石の地図帳──歩く、見る、読む』（大修館書店）、共著に『漱石の愛した絵はがき』（岩波書店）など。

庄司　達也（しょうじ・たつや）

横浜市立大学教授

編著に『芥川龍之介ハンドブック』（鼎書房）、共編著に『芥川龍之介全作品事典』（勉誠出版）、『改造社のメディア戦略』（双文社出版）など。

山下　真史（やました・まさふみ）

中央大学教授

著書に『中島敦とその時代』（双文社出版）、共編著に『中島敦『李陵・司馬遷』』（中島敦の会）、編著に『中島敦の絵はがき──南洋から愛息へ』（中島敦の会）など。

須田　喜代次（すだ・きよじ）

大妻女子大学教授

著書に『鷗外の文学世界』（新典社）、『位相鷗外森林太郎』（双文社出版）、共著に『森鷗外『スバル』の時代』（双文社出版）など。

安藤　宏（あんどう・ひろし）

東京大学教授

著書に『「私」をつくる──近代小説の試み』（岩波書店）、『日本近代小説史』（中央公論新社）、共著に『太宰治　単行本にたどる検閲の影』（秀明大学出版会）など。

展覧会概要

教科書のなかの文学／教室のそとの文学
——芥川龍之介「羅生門」とその時代

【会　　期】 2017年6月24日—9月16日
【編集委員】 紅野謙介・庄司達也

教科書のなかの文学／教室のそとの文学Ⅱ
——中島敦「山月記」とその時代

【会　　期】 2018年6月23日—8月25日
【編集委員】 安藤宏・山下真史
【協　　力】 県立神奈川近代文学館

教科書のなかの文学／教室のそとの文学Ⅲ
——森鷗外「舞姫」とその時代

【会　　期】 2019年6月29日—9月14日
【編集委員】 須田喜代次・紅野謙介

教科書のなかの文学／教室のそとの文学Ⅳ
——夏目漱石「こころ」とその時代

【会　　期】 2021年6月26日—9月11日
【編集委員】 安藤宏・中島国彦

いずれも主催・会場は日本近代文学館

公益財団法人《こうえきざいだんほうじん》　日本近代文学館《にほんきんだいぶんがくかん》

日本初の近代文学の総合資料館。1963年に財団法人として発足、1967年に東京都目黒区駒場に現在の建物が開館した。専門図書館として資料の収集・保存に努めるとともに、展覧会・講演会等を開催し資料の公開と文芸・文化の普及のために活動する。2011年より公益財団法人。2021年3月末の所蔵資料は図書・雑誌・肉筆資料など約128万点。

教科書と近代文学
「羅生門」「山月記」「舞姫」「こころ」の世界

令和3年6月1日　　初版第1刷印刷
令和3年6月10日　　初版第1刷発行

編　者　公益財団法人　日本近代文学館
発行人　町田　太郎
発行所　秀明大学出版会
発売元　株式会社SHI
〒101-0062
東京都千代田区神田駿河台 1-5-5
電　話　03-5259-2120
FAX　03-5259-2122
http://shuppankai.s-h-i.jp
印刷・製本　有限会社ダイキ

ISBN978-4-915855-44-3